寂寞博物館

謝哲青 著

20段名畫旅程

收留你說不出口的憂傷

目錄

第三部

旅途中的靈犀交會

終章

心願成就的秩父三社

序曲　未曾有人拜訪的角落

Sometimes I need some time on my own
有時候，我需要屬於自己的時間
Sometimes I need some time all alone
有時候，我需要一些時間獨處
Everybody needs some time on their own
每個人都需要屬於自己的時間
Don't you know you need some time all alone
難道你不明白你需要時間獨處
——槍與玫瑰〈*November rain*〉

「我茫然地站在月臺，恍惚中，火車已開進站了。這是我最後一次和他見面，從今以後，我就要一個人，走進夜裡。」

「一直告訴自己，是大人了，要勇敢、要堅強，不可以哭，記得要微笑。我鼓起勇氣，伸出手，向他道別。我知道，這次不一樣，我眞的好傷心，爲他感到傷心，爲自己傷心，爲我們之間的一切傷心，爲大家傷心，爲全人類傷心。我失去了，這一生唯一追尋的東西，我失去了全世界……」

一封封來自陌生的訊息，向素昧平生的我，暴露生命最血肉模糊的傷，揭露最難以啓齒的痛。

「曾經不滿，曾經埋怨，曾經傷心，曾經瘋狂，但那些都只是曾經，現在眞不這麼想了。現在的我，眞的不想再見到他。有太多的事情，我們不需要去面對，最好不過，靜靜回味。偶爾看著那些畫、走過我們走過的地方，然後試著告訴自己，我們曾經幸福，很幸福。」

「碎了一地的諾言，拼湊不回信誓旦旦的昨天。一段不被接受的愛情，需要的不是傷心而是時間，一段可以用來遺忘的時間。一顆被深深傷透的心，需要的不是同情而是明白，一種無言以對，卻了然於胸的明白。」

「遺憾和後悔，成了我的存在，除了接受，我別無他法。」

每個螢光幕上跳動的冰冷光點，都是某個人無家可歸的悲傷，都是一個又一個對親朋好友說不出口的心事。忘了從何時開始，部落格的後臺郵件、臉書的私訊，都被馬不停蹄的心碎哀傷所塞滿。

一封一封地讀，一字一句地看，我想我明白，你說的一切。

小學一年級的那年秋天，我和父親到湖邊釣魚。當時的我又瘦又乾，連玻璃纖維釣桿都比我的手臂還粗，唯一能做的，就是在湖邊發呆、打水漂、抓蜻蜓，或者是蹲在地上亂拔野草。我一個人走到稍微偏遠的角落，忘了是什麼原因，前一刻還踩在岸邊丟石頭，下一秒鐘就跌到湖裡。即使事過境遷這麼多年，我仍然對怎麼掉進湖裡沒有印象。

不過接下來的景象，卻時常出現在我的夢境。

當時的我不會游泳，只能手腳亂踢掙扎，嗆了好幾口水，鼻子也因爲進水而灼熱，吸不進空氣的肺就像快要爆炸般難受，身體不聽使喚，沉入水中。

突然間，我好像忘了該怎麼呼吸。緊張消失了，被一種莫名的安靜包圍，恍惚中我似乎抬起頭來，看見水面上歡欣跳動的陽光，而身體下方則是看不見底的黑暗，我正緩緩地沉入那無可言喻的未知。

然後，我什麼都不記得了。

偶爾，我和父親會談到這段往事，他總是笑著說，那麼小的孩子溺了水卻沒死，命眞是撿回來的。家人說，是爸爸救了我，至於具體細節，我完全沒有記憶。

但有件事是確定的，那天過後，我每天都在不退的高燒中度過。起床時全身是汗，衣服、枕頭、床單都是溼的。然後，我拖著無力的四肢上學，上課就在忽冷忽熱的顫抖中捱過，即使放學回家，也沒有多餘的氣力出去玩。就在高燒中吃飯、洗澡，然後睡覺。接著明天又是相同的循環。

有一段時間，家人眞以爲我會這樣死去，我早已想不起正常的生活是如何的，也忘記健康的身體是什麼感覺。看醫生，也只領回退燒解熱的藥，生了什麼病，沒有人知道，好像也沒有原因。

「這囝仔驚到，愛帶去師公那邊收驚啦！」

後來有去收驚嗎？我也沒有印象。不知道從什麼時候起，燒突然就退了。但溺水的景象歷歷在目，我把它當做祕密，收在心底，藏在別人看不見的角落。

多年前，我帶著無從改易的遺憾與失落，懷抱著對未來的期待，來到島嶼北方的大都會，從新開始，尋找我夢寐以求，卻不曾擁有的生活。在一個沒有血親、沒有故交、沒有朋友、沒有同事的陌生城市生活，本身就是一件辛苦的事。

從零開始，入不敷出的生活是無力待舉的百廢，在陡峭嚴峻的現實中，我只能匍匐，只能潛行，只能咬著牙，只能繼續前進。

在那些孤獨的夜裡，我常一個人從住處走到敦南誠品，那裡是我所知道，唯一有光亮的所在。

齊克果的絕望、叔本華的孤獨、卡夫卡的荒謬……我讀到自己生命中，深入骨髓的寂寞，彷彿又回到那座熟悉的湖泊，自溺卻無力自救的徒勞。

我的孤獨、你的失落、陌生人的絕望、全世界的悲傷，全化成一望無際的汪洋，我們各自懷抱著只有自己才明白的寂寞，在其中漂流，或沉沒。

在夜間書店流連的那段歲月，我漸漸明白，寂寞是熙來攘往的所在，每個人的生命似乎都要走過一段幽暗陡峭，才能明白一些事情。

孤獨與寂寞，是異卵孿生的雙胞胎，看似相同，卻又截然不同。自願性的孤獨是某種選擇，刻意與群體拉開距離，強調「我」與「世界」的差異；寂寞，則更像是我們積極想融入世界，卻不得其門，格格不入的感受。孤獨與寂寞並不存在孰高孰低的問題。相對的，寂寞是值得珍惜的生命體驗，許多偉大與美，正是源自於寂寞的創造。

這些藝術家的創造，反映出我們的寂寞，同時也理解寂寞、解放寂寞。

臨近東京都的箱根拉利克美術館（Lalique Museum, Hakone），收藏著法國新藝術工藝大師，雷內．拉利克（René Lalique）的作品。這位十九世紀末到二十世紀中葉最偉大的珠寶名家，總是把自己鎖在工房，一個人靜靜地雕鏤融焊，完成各式各樣至今仍無人能及的精湛工藝。

「寂寞，就是我的一切。」拉利克曾在某次採訪中說道：「失去了寂寞，我沒辦法想像我的世界會變成如何。」

在他眼中，玻璃是寂寞的載體，是最能傳達現代人空虛的介面。他將玻璃、琺瑯、貴金屬與寶石，化成象徵重生的松枝與白孔雀、化成守護與貞潔的山楂、化成收納欲望的香水瓶。

東方快車內部照片（Orient Express）／拉利克

箱根拉利克美術館提供

拉利克運用玻璃，將「東方快車」的觀景車廂化爲布滿光與愛的神聖空間，精緻的手工玻璃巧妙地將窮凶極惡的現實隔絕在外，再怎麼惡毒扎眼的陽光，也能在百轉千迴的折射後，化成可親的溫柔。即使是全世界最傷心的人，來到這裡，也能帶著希望離開。

無論是翻著畫冊，或是有幸漫步在美術館中，這些美好的藝術總能理解我們的孤獨，理解彼此的寂寞，然後說出我們不敢說出口的那句話。

霍普彷彿異世界，被眞空隔絕的〈夜遊者〉，映照出我們不被世界所理解的孤獨。

孟克用盡全力嘶吼，卻又無息無聲的〈吶喊〉，是你我在孤獨中苟延的呼救。

而在畢卡索〈哭泣的女人〉中，我看見自己的脆弱。

並在弗烈達〈兩個卡蘿〉裡明白，只有自己，才能扶持自己。

這些偉大又寂寞的藝術創造，都曾經打動、收容過我無家可歸的靈魂。他們理解我的耽溺、釋放我的寂寞。透過閱讀與旅行，我將他們存放在心中那座小小的博物館，每當我感到憂鬱、落寞的時候，就會回到那裡，品嘗一個人的孤獨，釐清思緒，然後回到世界，重新出發。

現在，我打開心中的門，邀請你與我一起走入，那個未曾有人拜訪的角落。

屬於我們的，寂寞博物館。

胸針 仙女（Brooch, Sylphide, 1897-1899）／拉利克

箱根拉利克美術館提供

第一部

傾聽自己的聲音

寂寞博物館

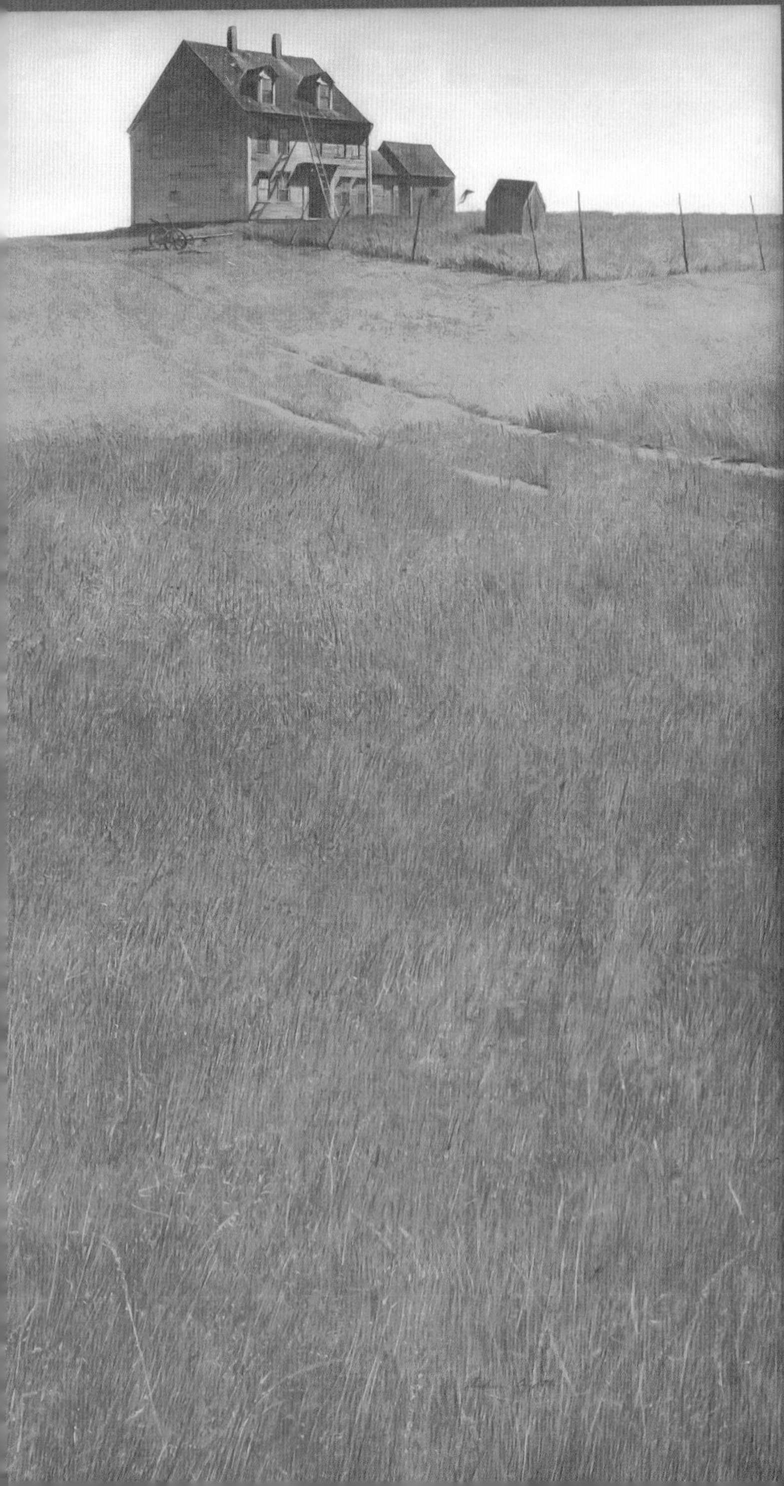

Chapter

1

在這玻璃城市，我，和我自己

安德魯・魏斯（Andrew Wyeth）筆下，
那些孱弱無能的人們

我將自己，隔絕於日常生活之外

我，戀愛了。

我放任自己內心意亂情迷的渴望，奮不顧身地縱身一躍，跳下名之爲「愛情」的懸崖。彷彿無止盡的墜落，終點是，不忍卒睹的粉身碎骨。

分手的那一天，青空紺碧如洗，天邊的雲彩閃耀出亮眼的白。透過電話聽筒傳來的冷靜，我感受到妳的堅決。自以爲握住的幸福，在轉瞬間灰飛煙滅，世界繼續向前，只剩下我留在原地，不知何去何從。

妳離開後，我絕望地瑟縮在這座陌生的城市：沒有朋友、沒有舊識、沒有承諾、沒有工作……大部分的時間，總是一個人在空盪的房間，躺在冰冷的地板上，數著呼吸，數著心跳，數著，曾經在一起的淚水歡笑，數著，沒有妳以後的分分秒秒……

偶爾，鼓起勇氣出門，巷口的便利商店，或稍遠一點的連鎖超市，買些土司、蘋果、咖啡包，簡單地果腹，以渾渾噩噩的方式，維持最低限度的生活機能。對往日情愛的眷戀，滿溢到自己也羞於承認。

那段時間讀的書，也盡是一片沉鬱黑暗。佩索亞惶然失措的《不安之書》、卡夫卡令人窒息的《城堡》、字字揪心的《梵谷傳》、恥度破表的《人間失格》，以及官能自溺的《失樂園》……無論粗礪或是圓潤，這些文字都化成黑暗中的嗚咽或嚎啕，是我少數可以感受的現實。

失去後的思念，是某種無法回應，也無能爲力的痛楚，痛楚在如年的長日中延展成無法填補的虛空，一分一寸地浸蝕著我紛亂的心。某天，我在地板上醒來，看著空無一物的房間，又莫名流下淚來，那一刻，我才眞正意識到，妳，不會回來了。

好希望，再見到妳，或者是完完全全地忘記，但無論哪一項，我都做不到。覺得自己被抽離了所有的價值與意義，化成沒有實體的幽靈，若有似無地漂浮在紅塵煙囂的上方，俯瞰人世一切與我無緣的幸福。

「我在我不存在的地方思考，所以我存在於我不思考的地方。」無論我思考或不思考，這一刻都沒有活著的感受。生活中只剩下赤裸的不安、非自願性的孤獨，與說不出口的寂寞。沒錯，正是那在靈魂中盤根錯節，糾纏反覆的寂寞，幻化成巨大透明的玻璃長城，我將自己，隔絕於日常生活之外。

再一次，我站在懸崖邊緣

當我意識到寂寞時，寂寞早已牢牢地抓住了我。

當然，在此之前，我也與寂寞相處過。它像是某種變幻莫測的「場」，在社交活躍的日子，它似乎不存在。但總有些時候，它以毛玻璃般的陰霾將我所居住的城市，緊緊包圍。

成年之後，我就獨自一人生活，在戀愛或單身間來回穿梭。有時候，我好希望能脫離目前的處境，但實際上，是我自己困住自己。雖然我不願孤獨，想被人需要、想被關心、想被愛，但另一方非理性，也非感性的自我，卻拒絕快樂、拒絕世界。對外世界無度的需索讓我感到害怕，再一次，我又站在懸崖邊緣，只不過這一次下方不是愛情，而是巨大，無以名之的空洞，當我凝視黑暗時，會因恐懼而顫抖，但卻也要克制著向下跳、自我毀滅的衝動。

我知道我自己的憔悴看起來是什麼模樣。我是美國新寫實主義畫家安德魯．魏斯筆下，那些孱弱無能的男男女女。也許是〈亞當〉裡的那位男子，瞇著眼，披著風衣，頭戴飛行帽，低頭俯視自己的卑微渺小；或者是那位被埋入冰冷與荒蕪的老先生，細雪化成白色的裹屍布，將身而爲人僅存的尊嚴棄置在無人注視的所在。

但我仍在掙扎，像另一位魏斯畫布上的孱弱女子，孤獨地坐在蒼白與枯黃的荒野之中。她回頭凝望，彷彿在屋子裡有什麼在等著她回應，但是，你隱約可以感覺到某種不尋常發生在女子身上。沒錯，她的確不良於行，幼年時期所罹患的脊髓灰質炎，剝奪了她正常行走的能力，要回到屋內，女子唯一能做的是，伸出雙手，一寸一寸地往回爬。

在這幅名爲〈克里斯蒂娜的世界〉的蛋彩畫中，魏斯以出色的透視技法，鋪展出虛曠而

在工作室（Up in the Studio, 1965）／安德魯．魏斯

阿拉貝拉（Arabella, 1969）／安德魯．魏斯

孤寂的空間氛圍。畫家曾經在一次訪談中，深刻地爲我們提供他的想法：

克里斯蒂娜的身體雖然受限，但她的精神力量依舊強韌。透過她個人無比的意志，想征服的，不僅僅只是眼前的乾涸，更是這看似毫無希望的世界……

看著這幅畫，不由得讓我想到歐洲啓蒙時代，荷蘭偉大的哲學家史賓諾莎的《倫理學》中所說：「希望是一種不穩定的快樂，這種快樂源於我們對未來某件有可能不會發生的事，其結果抱持想像或懷疑的觀念。」

依照史賓諾莎的看法，所有的希望都是虛妄，都是建立在不穩定現實之上的樓閣，希望疊得愈高，往上爬的興奮也愈強烈，相對的，當現實發生地震時，也就摔得愈深，傷得愈重。史賓諾莎告訴我們，要降低失望所帶來的傷害，最好的方式，是減少錯誤的期待，更進一步地說，所有的希望、期待都是錯誤，唯有消除希望，才能徹底地「離厄厭苦」，獲得眞正的超脫。

即使掙扎求生，也不能放棄希望

回想我們年少時，所有的一切都新鮮，似乎也都美好。我們都聽過師長的告誡：世界是殘酷、現實是冰冷，而生活是日復一日的單調無聊……但是，青春無敵，那些柴米油鹽還

克里斯蒂娜的世界（Christina's World, 1948）／安德魯・魏斯

很遙遠，這些慚德涼薄也不存在，我們唯一擁有的，是塗抹在心中，對未來無盡的想像。

漸漸地，我們發現，大人世界的海洋，比學生時代的游泳池更加洶湧，也更加危險，於是收起張揚的羽翼，板起臉孔，學會在人群中隱藏自己……因爲我們知道，太過強烈的自己，可能會爲身邊的人帶來困擾。「長大成人」在某個程度上可以理解成學會壓抑、削弱自己的感情，而對遠大未來的希望，則是風中搖曳的燭火、是現實祭壇上的犧牲。有些人甚至關閉自己的所有感知，不去想，也不去感受，認真地告訴自己：希望是海市蜃樓的幻覺、是天真未鑿的幼稚。

世界是美好的所在，值得我們爲它奮戰。

The world is a fine place and worth fighting for.

海明威在《戰地鐘聲》（*For Whom the Bell Tolls*）寫下這段擲地有聲的句子。我想，魏斯只同意海明威的後半部！當我們貶低希望的同時，也失去一個值得憧憬的未來，失去義無反顧的動力。

那年秋天，我頻頻回到安德魯·魏斯的畫作，他爲我寂寞、乏善可陳的可悲日常，提供一張地圖，一張可以走出自怨自憐自艾自我放棄自我毀滅的地圖，雖然是一張不精準的心象地圖，只有曖昧的座標，沒有明確的路線途徑，但我知道，我正一步步走出痛徹心扉的失望、走出難以啓齒的寂寞、走出欲振乏力的厭倦、走出反覆無常的自我懷疑。在如履薄冰的亦步亦趨，我開始用藝術來自我安慰、自我療癒。悲傷的音樂、悲傷的電影、悲傷的文學、悲傷的畫作，在創作者的哀戚中感同身受，然後抬起頭來，繼續向前。

這是我唯一感到自由的所在，我可以任性地在這裡尖叫、痛哭、大笑，或只是靜一靜，透過孤獨，重新感受「活著」的喜悅。

正是這些名爲「孤獨」或「寂寞」的事物，讓我重拾對未來小小的心動，每一種可能的累積與實現，正是引領著我們通往幸福的青鳥。即使掙扎求生，也不能放棄希望。

聖傑羅姆寫作（Saint Jerome Writing, 1605-1606）/ 卡拉瓦喬

Chapter 2

無論是生命還是死亡，如此而已

卡拉瓦喬（Caravaggio），

將悲悼化為對生命的沉思，看見無常的本質

回到故事現場，與錯過的時間相遇

十月的地中海，陽光依舊白熱熾烈，我在西西里，寫信給妳。

這是座充滿陽光的神話之島，在荷馬傳奇史詩中，奧德賽遭遇船難後漂流到島嶼北方，被公主瑙西卡救起。往南移動，是海洋女神阿瑞圖薩被河神阿爾甫斯恐怖糾纏後，因為擺脫不了追求者的窮追猛打，於是向月神阿緹蜜絲求救，月神將阿瑞圖薩變成一道冷泉，讓她流過大海深處，從西西里島的敘拉古冒出，傳說河神也化成伏流，追隨女神流過海底，一起冒出，伏流與冷泉融為一泓清水，也就是今天的沛古沙湖（Pergusa Lake）。後來，冥王黑帝斯就是在湖畔擄掠穀神狄蜜特的女兒普西芬妮。著名的數學家阿基米德就是在不遠的海岸邊，以凹透鏡與神奇的「希臘火」組合，擊敗羅馬軍隊……關於此地的故事還有許多，顯然，西西里從沒有文字敘事的時代就充滿暴力與魅惑，諸神與英雄們來到此地，繼續他們死別生離的悲劇或喜劇。

這趟西西里漫遊，從巴勒摩老區開始，花了一些時間，離開城市，繞過起伏綿延的丘陵，盤桓在嶙峋蜿蜒的海岸邊，路過一座又一座巴洛克風格的大城小鎮，終於，來到年代久遠的敘拉古。

上古神話的愛恨情仇不遠，古城仍處處可見諸神歷險與愛戀的蹤跡。祂們化成冰箱上的磁鐵、印刷精美的書籤、色彩鮮豔的手繪陶壺，以及博物館裡華麗張揚的巨幅油畫。在時間連續性上，過去與現在似乎沒有斷裂，當地人轉述傳說，就好像是上星期，隔壁老王家裡發生的事情那樣普通自然，這是旅行到異鄉才有的奢侈，回到故事現場，與錯過的時間相遇，遙遠的過往與我們有了接點，個人「存在」於空間與時間有了座標，生命與世界意義在其中隱約浮現。

賦予藝術更人性、更狂放的想像

對我來說，拜訪敘拉古最重大的意義，是與久別的卡拉瓦喬重逢。

這位出生於一五七一年的藝術浪子，年少時在羅馬有過一段放蕩的荒唐歲月，混了幾年後，某天，可能因爲爭風吃醋，不知有心還是無意，在街頭鬥毆中殺了人，被通緝後出亡南方。那不勒斯、西西里與馬爾他島，都曾經是卡拉瓦喬藏匿的所在。交遊廣泛的他，每到一處都有朋友接濟，但也引來許多不必要的關注與紛爭，生活經驗的多元，讓卡拉瓦喬在藝術上的揮灑有更人性、更狂放的想像。

卡拉瓦喬畫筆下的救世主、聖母或使徒，和你我日常所見的普通人沒有兩樣，非但被畫家剝去了象徵聖潔與虔誠的光芒，更多了幾分俚俗的市井味、流氓氣。光是用想的，就十分

聖多馬的懷疑（La incredulidad de Santo Tomás, 1602）／卡拉瓦喬

刺激。

第一次站在〈聖多馬的懷疑〉前，我還以爲是古惑仔的挑釁，好像一言不合就要打起來了。黑暗中，一道救贖的光從右上灑向耶穌死而復生的肉身上，三名環繞彌賽亞的使徒們，樣貌直接脫胎於羅馬大街上乞討的人們。聖多馬將手指插入耶穌被長槍刺穿的傷口的畫面，觸目驚心。

〈聖保羅的皈依〉則像是狂新聞裡馬路三寶的交通意外。「掃羅、掃羅，爲什麼你要擋住我的道？」受到凡人看不見的聖靈驚嚇的馬匹，狠狠地將背上的保羅摔了下來。四腳朝天的聖徒，是畫家對教會隱性的嘲弄。

而令人痛徹心扉的〈背叛耶穌〉，是八點檔鄉土劇冤家們糾纏拉扯的巴洛克版本。話雖這麼說，事實上並沒有任何不敬，相反的，卡拉瓦喬是藝術史上最具原創性的偉大畫家。戲劇性的舞臺光影、嚴謹的空間布局、細膩精湛的筆法、聖俗皆同的平權理念，這還只是，我們看得見，比較方便理解的卡拉瓦喬。

察覺日常生活中的荒謬

一六〇八年，逃亡到敘拉古的卡拉瓦喬，在這裡留下一幅不太多人看過的〈埋葬聖露西

亞〉。這是他最有想法，也最有力量的作品之一。

我趕在關門前衝進教堂，只爲了十分鐘的感動。

面對卡拉瓦喬的作品，無論妳怎樣做好心理準備，都無從想像，或抵擋畫面所帶來的心理衝擊。我曾在許多畫冊上，看過不同尺寸的〈埋葬聖露西亞〉，但沒有任何一張複製畫能展現對等的藝術能量。

卡拉瓦喬以土黃色爲基底，用一種窮凶極惡的灰暗虛空，占據畫面的三分之二。當我們第一眼觀看這幅畫時，只看見一片陰暗，還需要幾秒鐘的時間，才能進入這片混沌中。然後，還要再花一點點時間，才能在畫面中找到名義上的女主角，貞烈的殉道者。最後，我們成爲送行隊伍的一分子，參與聖露西亞在人間的最後旅程。

妳在〈埋葬聖露西亞〉中，看不見在空中盤旋，胖嘟嘟的小天使，也沒有天界樂團撒花頌歌，沒有永恆榮耀的金色光輝，沒有殉道後功德圓滿的至福喜樂，更沒有門戶大開的天堂之門。這幅作品最顯眼的，是擋在所有人面前，兩名奮力挖土的掘墓工人。面對金錢權勢，卡拉瓦喬經常在作品中，有意無意地流露出對榮華的鄙夷。畫家眼中眞正高貴的，是那些滴下汗水，辛勤工作的勞動階級。工人飽含生命力的勞動，一鋤一鎬地挖開堅硬的地面，有那麼一下下，幾乎讓我們以爲，他們才是主角。

當我們視線繼續向下移動，才會看見聖女蒼白、毫無血氣的肉體。在卡拉瓦喬的作品中，

聖保羅的皈依

（Conversione di San Paolo, 1600-1601）/ 卡拉瓦喬

埋葬聖露西亞（Seppellimento di santa Lucia, 1608）／卡拉瓦喬

背叛耶穌（Die Festnahme Christi, 1598）／卡拉瓦喬

死亡，從來都不是什麼值得誇耀的事。所有的悲劇，都應該小心地避開，不要張揚。

實際上，卡拉瓦喬透過掘墓人的背影，巧妙地將我們排拒在外，在死亡中看不見希望，無論是今生，或是來世所允諾的救贖也遙遙無期。失去脈搏與呼吸的肉身不再重要，生前的冠冕也微不足道。死了，就是死了，沒有注釋，也沒有意義。或許，卡拉瓦喬只想告訴我們：

無論是生命還是死亡，就是如此而已。

有人說，這是藝術史上最無望，又最無法讓人獲得安慰的宗教畫之一。但其中，的確有某些東西打動了我們。藝術的呈現往往脫離日常，因此，藝術的意涵也衝擊著日常。藝術家透過創作，讓我們察覺日常生活中的荒謬。卡拉瓦喬的藝術誠實、勇敢、正直、信任，他將悲悼化爲對生命的沉思，帶我們看見無常的本質。

其他的，只需要我們靜靜地感受，靜靜體會。

Chapter

3

當我凝望寂寞……

愛德華·霍普（Edward Hopper），
寂寞如此根深柢固，從畫作向外蔓延

寂寞是微光中閉上眼默數心跳

北漂的最初幾年，我在永和落腳。工作是一個人，回到家也是一個人，自己與自己相處久了，連走路的姿態、櫃檯前掏錢付款的動作、等紅燈過馬路的模樣，都顯得矜持生澀。本來就寡言的我，與世界之間，透過語言的眞空，遙遙相對，即使很習慣一個人生活，我還是能感受寂寞所帶來的痛楚。

寂寞是躺在冰冷地板上屏住呼吸，寂寞是微光中閉上眼默數心跳，寂寞是佇在站牌旁看公車經過無動於衷，寂寞是坐在派對的中心位置卻只想安靜一個人。寂寞是渴望溝通，寂寞是渴望擁抱，即使只是在捷運站與陌生人擦肩而過，0.1秒的肢體接觸，都好。

其次，最親密的互動就是與另一個人說話。在寂寞的日子裡，我比任何時候都渴望對話，但本來就不善交際的我，就像是枯坐場邊的板凳球員，好不容易有機會上場，卻不斷投歪、漏接，或是打不到球被三振出局，令人氣餒。大部分時間，我只能窩在禁區，看其他人上去揮棒，擊出全壘打，從容地跑完全場，優雅地微笑致意，然後在本壘接受隊友歡呼。我只能告訴自己：「下次輪到我時，要更大氣，更勇敢一點……」

然後，就沒有下次。

沒有然後的然後，更多時候，我關掉屋內的電燈，倚在窗邊，眺望咫尺之外的燈火，窺探我所沒有的親密，我所缺乏的感動。

「沒有人想懂你。」「沒有人想聽你說話。」「你怎麼就是不肯融入人群呢？」「在堅持什麼？」我開始，刻意地與人群保持距離，日積月累的無言沉默，讓我與現實生活之間的鴻溝，愈來愈深。拒絕參與社交，也許就少了尷尬，但也少了生活的可能，或可能的生活。

那年冬天，我反覆沉溺在愛德華．霍普的憂鬱之中。

從遠距離的擁抱到近身的疏離

「我在畫作中表達自我……我不覺得我想畫其他的什麼，我畫的，就是我自己。」年輕時的霍普待過一陣子巴黎，他在街上閒晃，或是在河畔作畫，小狗蓬鬆的卷毛、煙花女子泡在河水的小腿、醉倒在河堤畔的流浪漢、石板道兩側搖曳的煤氣燈，都是他描繪的對象。塞尙的灰、莫內的綠、雷諾瓦的爛漫天眞，此時的霍普，筆下仍流淌著印象派的天光。

大約在一九一〇年左右，霍普定居曼哈頓，「這是一項必要，卻也痛苦萬分的決定。」大都會對金錢的貪婪競逐，生活步調的凌亂瘋狂，在在令他感到不安。換了幾份不甘不願的工作，賺一份差強人意的薪水。經濟的貧弱讓他抬不起頭來。原本就不善辭令的霍普愈加退縮，沒有親密穩定的友誼互動，也沒有可以聊天的知心伴侶，偶爾爲之的家族通信，讓他覺

塞納河谷（Valley of the seine, 1908）／愛德華・霍普

皇家橋（Le Pont Royal, 1909）／愛德華・霍普

得自己是可有可無的人。「我缺乏愛。」多年後，霍普在一次訪談中提到：「離群索居讓我迷惘。」

被百萬人所圍繞的寂寞、在人群裡的遺世獨立，逐漸在霍普的畫作中浮現。哈德遜河上的月光、不知名的小鎮、路燈下拉長的影子，他與世界的距離正緩緩拉開。工作所伴隨的時差，往往令我夜不成眠。有時候，乾脆就起來，坐在窗邊，俯瞰燈火下的生活，有些窗內昏黃黯淡，隱約可以辨認出屋內走動的人影，有些則是清晰明亮，我彷彿可以嗅到餐桌上風信子的香氣。我看得見陌生人的幸福，卻觸碰不到。想念人群的時候，就騎著單車到二十四小時不打烊的書店，找一本書，站在書架前，感受「原來自己身旁還有別人」的卑微。

從遠距離的擁抱到近身的疏離，霍普可說是藝術史上最擅於描繪「寂寞」的畫家。透過獨特的冷色調與透視分割，霍普將你我的心靈推向邊境，一個存在於精神世界的蠻荒外緣，將你我心中最深的不安，赤裸裸地披露出來。

我知道霍普的不安所謂何來，那是一種害怕被世界遺棄，不爲人群所認同，最後，被宣判「你是不存在的人，社會不需要你」的焦慮。尤其在與人群拉開距離後，雖然自由，但也失去一部分的自我，也就是「我究竟所爲何來？」「此時此刻，活著的目的是什麼？」存在主義式的自我懷疑，像黴菌一樣，從靈魂幽暗的角落向外增生、擴展、蔓延。當我意識到寂寞如此根深柢固，屆時要連根拔起，可就沒那麼容易了。

禁錮在顏料之中的夜遊者

我走在深夜的街頭，站在十字路口，不遠的轉角，便利超商的看板在黑夜中格外顯目。偌大的玻璃帷幕後，頭上紮著紅色絲帶的年輕女子趴在桌上，一對國中生情侶正在打情罵俏，鄰座的中年男子手拿著咖啡，面無表情地將視線投向前方……似曾相識的場景，都會人習以爲常的寂寞，想必，霍普也感同身受。

畫家的孤獨，是墨綠、靛青與鵝黃融合而成，深夜無人的街頭，一群寂寞的男女在此相遇，這裡不是夜夜笙歌的酒吧，而是美國尋常可見的餐館。巨大的落地玻璃像冰山一樣，將人們的疏離密封起來。畫面的中央，情思各自懷抱的男女，刻意地迴避彼此的目光。坐在最左側，背對我們的男子，啜飲著一個人的心事。身著白色制服的侍應生是唯一置身事外的人，生命中有比寂寞更苦澀的考驗，大夜班的工作，只是生活諸多選擇之一罷了。

〈夜遊者〉將我們的疏離、無言、孤獨與寂寞，禁錮在顏料之中。當年發表的時候，就引起藝術界廣泛的討論。有人說，這是現代男女性苦悶的隱喻。也有人說，它是美國孤立主義的宣言。更有人說，霍普是後現代的先知，他預示了網際網路超連結世代的落寞。太多太多的臆測、太多太多的推敲，每個似乎都有道理，卻又好像不是那麼一回事。

這就是藝術偉大，並且迷人的所在，接納所有的解釋，包容所有的想像。對我而言，霍

夜影（Night Shadows, 1921）／愛德華・霍普

美國村（American village, 1912）／愛德華・霍普

〈夜遊者〉（Nighthawks, 1942）/ 愛德華・霍普

普單純地療癒了我的孤獨。

多年以後，霍普接受專訪，選出三件他個人最喜歡的創作，〈夜遊者〉就是其中一幅。

「一想到深夜無人的街頭，腦海中就會出現它的畫面。」

「是因為寂寞嗎？」

「不是，這幅畫並沒有特別寂寞，我還刻意放大明亮的部分，讓構圖看起來更溫暖。畫面的孤寂感，只是我無心插柳的結果。」

「但是看過畫的人，都說你畫出了人們的孤單與離愁。」

「如果，正如大家所說，」霍普回答：「那也只是某個人的寂寞吧！」

當我凝望寂寞時，寂寞，也以相同的幽暗回應我。

也許，你我就是霍普所說的「某個人」，在畫中，我們窺伺自己的寂寞。一個人孤獨，一個人自由，一個人寂寞，當我們學會和它相處時，寂寞的夜，也會熠熠生輝。

梨，核桃和葡萄酒（Pears, Walnuts and Glass of Wine, 1768）／夏丹

Chapter

4

在黑暗中發光的玻璃酒杯

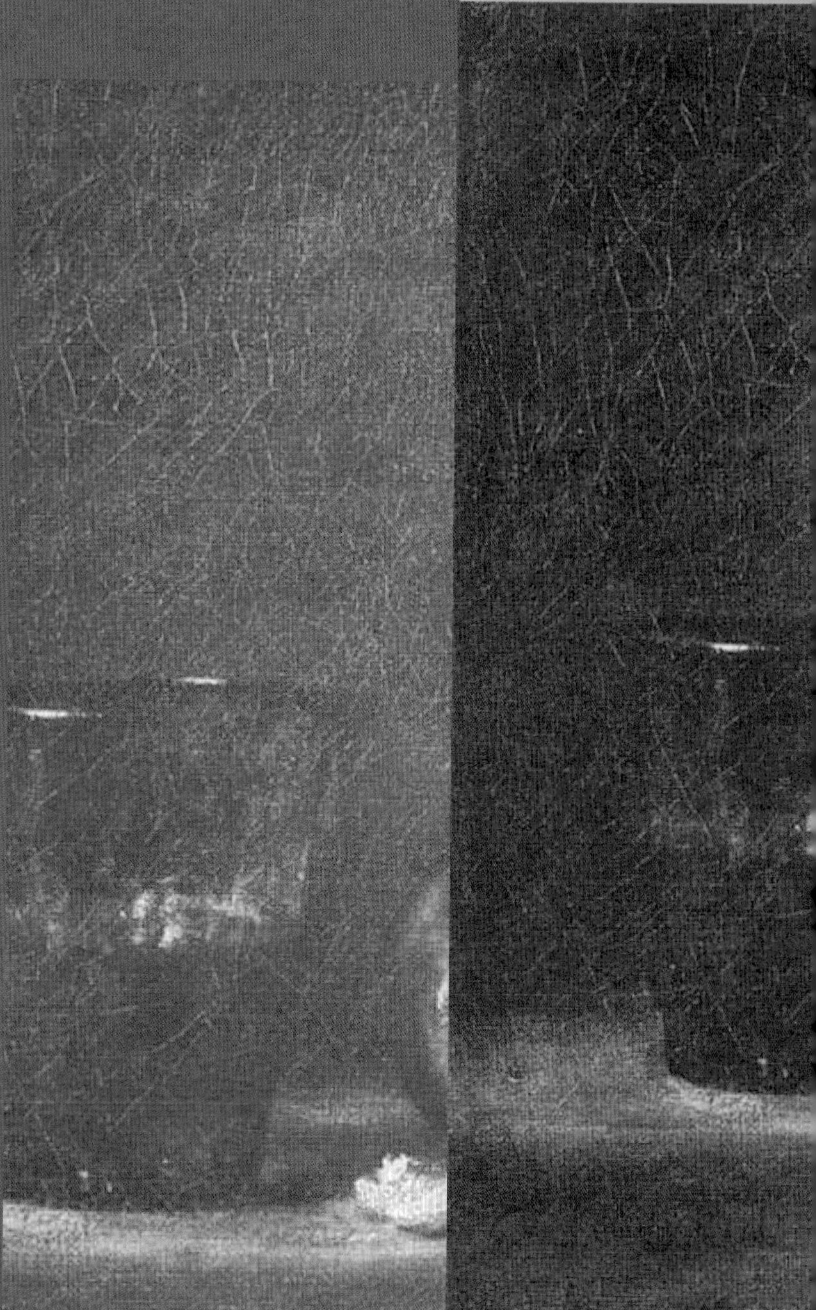

夏丹（Jean-Baptiste-Siméon Chardin），

覺知生活的質地與內裡，感受緩慢的美好

黑暗中發光的玻璃酒杯

我在夏季最後一場雨，搬進瓦磘溝附近的轉租套房，十尺見方的空間，屋內還留著前任房客棄置的家具：擦也擦不乾淨的舊茶几、換新燈泡後仍閃不停的立式檯燈，半套被貓抓爛的布沙發，與一張搖搖欲墜的空床架。

面對滿屋的空洞無奈，陌生人不要的生活，只能把它們一一請出家門，當我精疲力盡地躺在地板上時，才發現，在那個光照不到的腳踢板邊線盡頭，斜躺著一只烈酒杯。差不多和我的拇指等高齊寬，有點厚，一口乾杯的容量，就是那種造型普通，隨處可見的高粱杯。幾條莫名的刮痕，杯緣還被粗魯地敲破一小角，大概在前房客心目中，它連被記憶、被回收的價值都沒有，彷彿無心，又像是刻意被冷落在角落。

「搬出去差不多有六個月……」幾天後，房東告訴我：「好像是在某家科技公司當會計，也租了好幾年有吧！後來說回家照顧爸爸媽媽。」然後指著空無一物的房間說：「還有二個月才到期的租約，說押金不用退就搬了，我還想她會回來把其他東西清一清說。」

是忘了嗎？還是不需要了？是不是因爲可有可無，所以掉了也無所謂？還是垂手可得，沒了再買新的就好呢？我想像，獨居的單身女子，將無處可躲的心酸苦悶相思，化成五十八度的熾灼，一口飲盡。也許，三不五時姐妹們來這裡過夜，小小放縱，酒後再哭訴他的負心無情；偶爾，會有男人來家裡小酌，交心或是溫存，一切就留給想像與明天。

如果，還有明天。

莫名地，我沒把它丟掉，反而把酒杯洗乾淨，放在窗臺，陽光照得到的所在。在家徒四壁的陌生城市裡，它是我的「威爾森」，唯一的陪伴。白天出門投履歷、跑面試，刻意填滿的庸碌，爲生活苦苦掙扎，取而代之的，是冰冷的拒絕，馬不停蹄的失望。

每晚，當我回到環堵蕭然的寂寞時，習慣關上燈，閉上眼，躺在地板，品嘗一個人的寂寞。小玻璃杯在新家似乎過得不錯，像是要討好我一樣，奮力地盛滿窗外反射進來的霓虹。在黑暗中，凝視折射出黯淡光芒的小酒杯，成爲我一整天面對世界的期盼、緊張與失落後，最卑微的寄託，最寒傖的慰藉。似乎，只是看著，心情就能平靜下來，所有的鬱憤委屈，也在注視中，緩緩沉澱。

我將人在異域他鄉的寂寞，移情到這只撿到的烈酒杯。渺小、普通、傷痕累累，應該也不太値錢，但它好像也想證明自己微薄的存在。即使再單純、再日常的物件，透過凝視，也能讓動盪歸零，帶著我們跨越不安、看見希望。凝視，如此簡單的動作，總是讓我想到夏丹的靜物畫，而當我欣賞夏丹的作品時，又會不禁想起那只彷彿在黑暗中發光的玻璃酒杯。

水杯與咖啡壺（Water Glass and Jug, 1760）／夏丹

在歌舞昇平中預見無可避免的悲劇

十八世紀的法國，短暫地擁有一段歌舞昇平的風和日麗。以凡爾賽宮的波旁皇室爲中心，國家機器與媒體聯手打造「法國無比強大」的動人形象：貧窮、飢饉的問題一定會解決，幾場軍事擴張也都能取得勝利，國民平均生活水準提高，商業活動也進入空前繁榮，現在，該是好好享受富裕的時候。

財務相對自由、寬裕的年代，文化天秤的槓桿就會往輕鬆歡快的一方傾斜。很快地，大家對宏揚崇高道德、伸張國家權力的主題感到厭倦，大開大闔的構圖題材也有點沉重，每個人都想來點不一樣的。輕快優雅的小資情調抬頭，纖柔淡雅的遊宴場景大受歡迎：希臘奧林帕斯的諸神、宗教故事的使徒聖人、中古傳奇的瘋狂騎士都退居二線，宮廷朝臣、王孫貴族的吃喝玩樂才有市場。華鐸（Jean-Antoine Watteau）、布雪（François Boucher）、福拉歌那（Jean-Honoré Fragonard）的繪畫，不僅細膩地描摹宮廷生活的浮華與虛無，更將繁華落盡、曲終人散的微妙憂鬱，隱藏在輕佻與逸樂背後。藝術家們在畫布上的揮灑，似乎已預見一七八九年大革命無可避免的悲劇宿命。

但是，夏丹走的是另一條路。

無論多麼尋常的人事物，都有不凡之處

一身樸素的農務裝扮，草根性十足的夏丹是法國畫壇的異數。他擅長靜物畫，最愛的也是靜物畫，有一段很長的時間，雖然是誤會，人們也以爲他只創作靜物畫。

靜物畫，英文「Still life」，與荷蘭文「Stilleven」、德文「Stillleben」一樣，都是「靜止的生命」。不一樣的是，義大利文「Natura morta」與法文「Nature morte」則是「死去的自然」，根據哲學家狄德羅的解釋：「靜物畫描繪沉默、安詳、平凡、無用，或停滯不動，沒有生命氣息的存在。」

無用的事物，靜止的生命，難道就沒有意義？就一文不值嗎？透過藝術，夏丹正面肯定，無論多麼尋常的人事物，都有不凡之處。

根據占星學的說法，在天蠍座及冥王星守護下誕生的夏丹，纖細、敏銳、深沉、熱情，

鞦韆（The Swing, 1767）／福拉歌那

好奇心十足。他總能在鍋碗瓢盆、油醋瓶、玻璃杯、白鐵罐與水壺間，發現簡約與美，在不起眼、不出聲、不發光的事物中，看見優雅與純粹。在流離不安的世界中，在只講功效利益的社會裡，凝視夏丹的靜物畫，彷彿被邀請放慢腳步，緩緩呼吸，然後走進一個沒有時間的異次元。

原來，每天生活中都會出現的尋常事物也能進入內心，深刻感動我們。正因爲太理所當然，太習以爲常，所以我們總是對它們視而不見。夏丹教會我們，覺知生活的質地與內裡，珍惜片刻的安詳，感受緩慢的美好。

「我們總誤以爲自己是孤單的。」夏丹在日記中寫著：「其實，從來不是這樣的。透過凝視，我們與那些種植水果、製作玻璃杯、燒煉陶瓷、熔鑄鐵罐的人們，在日常中有了連結。接納、觀看、傾聽、感覺、珍惜它們……凝視它原本的模樣就能讓我們滿足，並感受自己與人群相連的喜悅。」

如果，我們也像夏丹一樣，在思考之前先學習注視、接納，以「有情」的眼光觀看，那麼，所有的普通平凡，也許就會變得不一樣。關注每個當下的瞬間，不需要複雜的知識理解，也不必飄洋過海，眞正的美，就在身邊。

夏丹筆下的寂寞並不多愁善感，相反的，有種深沉的溫暖。畫家想告訴世界，孤獨也是值得被關注的對象。當你覺得孤單寂寞時，不要害怕，坐下來，與它面對面，在凝視寂寞的過程裡，我們能看見理解，也在疏離中找到寬慰。

葡萄和石榴（Grapes and Pomegranates, 1763）/ 夏丹

Chapter

5

將說不出口的想念，託付給冬雨

卡耶博特（Gustave Caillebotte）筆下的寂寞，
是風輕雲淡的心照不宣

雨，隔離了人群與世界

她告訴我，這首曲子誕生在某個下雨的夜晚。

「進入某種神祕的幻覺，淹沒在看不見的湖水裡……」一八三八年，旅居在地中海馬約卡島上修道院的法國小說家阿曼蒂娜·杜班（Amantine-Lucile-Aurore Dupin），在《我的一生》裡寫道：「那晚，他的音樂充滿雨滴，在屋瓦上呢喃、迴響……雨水被想像及吟唱轉譯成淚水，從天空落在他的心中。」

作品編號二十八第十五號的鋼琴曲，是蕭邦演奏時間最長的前奏曲。阿曼蒂娜就是著名的小說家喬治·桑（Georges Sand），也是鋼琴詩人蕭邦的情婦。在那個暴風雨的夜晚，她從外地回到修道院，發現蕭邦一邊彈著新譜的曲子，一邊哭泣，他將雨水化成悲傷的音符，在寂寞的夜裡緩緩地流動。

雨賦予世界真實的感受，淋漓中潛藏著生命的迂迴跌宕，但在濡溼的同時，也模糊了現實與未知的界線。

雨，有聲音，有溫度，有顏色。可以聆聽，也可以閱讀。

南方的雨是綠色的，溫暖中夾雜些許黏膩，青春在微潤的薰風裡發汗蒸騰。

北方的雨則是藍色，冰冷而凌厲，將我們原本就深不可測的寂寞，切割得更陡更深。

在臺北，冬季總會下雨。冬雨，抽去了大地的血色，天空也變得麻木陰沉，西伯利亞的冷鋒夾著銳利的風及凜冽的雨，像是剃刀一樣，狠狠刮去包覆在意識外層的絕緣，讓所有的感受在冬雨中，增幅、放大、延續，讓夜更黑更漫長，寂寞更冷。

曾經，我也討厭沒完沒了的冬雨，它讓世界變形、扭曲、膨脹、鬆動、剝落、褪色、憔悴、鏽蝕。但在單身獨居的那段時間，卻戀上它的淒清寂寥，我想，是那段時間的自己，處於某種可以受潮、需要浸泡、需要隔離的狀態。

為了生計，馬不停蹄地奔走，毫無選擇地按表操課，有時候會茫然地站在十字路口，突然不知道該往哪走，有時候則呆望著iPod，覺得自己愈來愈像播放旋鈕上的菱形箭頭，只有往前，沒有停止的時候。曾經溫暖溼潤的靈魂，開始乾涸龜裂，工作上話說得太多，不知不覺中，咖啡因與酒精在血液裡的濃度大增。或許，逐漸枯死的內在，仍然渴望清醒。偶爾讀到佩索亞或昆德拉，開始想像能走得遠遠的，像里斯本或布拉格的詩人們一樣，獨自生活在無人問津的空白之外，冬季的雨，是我冰冷的救贖，陽光，雨季之後再說吧！雨，讓我和人群有了曖昧，但安全的距離。

就這樣，有好多年，經常一個人，打開窗，讓雨聲伴著冷風捲進室內。滿屋的蕭瑟，穿透靈魂的冰涼，偶爾與現實脫鉤的自在，讓我有活著的感受，深刻體驗一個人的寂寞。許多人討厭立冬後的陰溼寒冷，我卻獨愛它的疏離陌生。在都市的邊緣看雨、聽風，有種磊落的淒楚。在這裡，出世與入世僅僅一線之隔，眼前是無邊無際的迷濛，間歇的雨，將城市淋成李商隱的詩、稼軒的詞，擾攘的街，成爲奔流的河。

臺北冬季的雨充滿愛戀，遠方的雨也是如此。寂寞在他鄉，濃度、密度有所不同。愛丁堡的冬雨是帶有泥煤苦味的威士忌，京都的冬雨則是清冽辛口的純米吟釀，普羅旺斯的冬雨有哲學的詩意，布宜諾斯艾利斯則和著歡欣與痛楚。每場異鄉的雨都像一幅幅鮮明的版畫，靜靜地落在大地，也沉沉地收進我的心裡。

心事在雨水中消融、迴盪

每當世界下起雨來，除了想起孟庭葦溫柔慵懶的嗓音外，還會想起卡耶博特的〈下雨的巴黎大街〉。

被雨水浸潤過的石板，映射出天光的暖色調，街上的人們，像是漂浮般輕輕地行走在氤氳之中。迎面走來的盛裝男女，充滿自信地出現在我們眼前。女士臉上若有似無的面紗、小巧精緻的鑽石耳環、雍容的連身裙外，披著貴氣的毛裡外套。留著小鬍子，身著開襟長領大衣的男士，高禮帽、大領結、漿直的白襯衫與絲質背心，他們是小說《追憶似水年華》裡世故優雅的中產階級，身上發散出從容樂觀的小資情調。

下雨的巴黎大街（Rue de Paris, temps de pluie, 1877）／卡耶博特

在〈下雨的巴黎大街〉裡，每個人都是個體，卻沒有人是例外的存在，世界被壓縮在剔透晶瑩的水晶球中，所有人的心事都在雨水中消融、迴盪。

卡耶博特筆下的寂寞，是風輕雲淡的心照不宣。

歷經十八世紀末到十九世紀初動盪多難的歲月後，巴黎市區殘破不堪、陰暗髒亂的街道裡霍亂與傷寒肆虐，罪惡在光照不到的角落蔓延，古老的城市緩步走向死亡。妳一定在電影《悲慘世界》中，看過那些在城市廢墟裡掙扎求生，抵抗政府軍的堅強市民。現今全世界所喜愛的巴黎，實際上是一八五九

年，當時執政的拿破崙三世命令巴黎市長奧斯曼男爵重建的。這是文明史上最具爭議的都市再造計畫，數以萬計的古老建築被摧毀，迷宮般的中世紀巷弄也被全部剷平，文藝復興形式的牌樓消失了，都市的過去一筆勾銷。

砍掉重練的巴黎重獲新生，美好似乎就在不遠的未來等待著。奧斯曼的巴黎令全世界讚嘆，很快地，人們忘了從前的巴黎是什麼樣子。嶄新的首都吸引全世界旅人前來朝聖，來自南法普羅旺斯的作家左拉說：「現代的藝術家們應該在鐵橋與火車站找尋詩意，就像我們的先祖在森林與花之間發現美一樣。」有一批新世代畫家認同左拉的藝術觀點，他們在熙來攘往的街道上看見愛，在霧氣瀰漫的火車站裡描摹美，他們細膩地記錄都市生活，被後世稱為「都市印象主義畫家」，其中的佼佼者，就是卡耶博特。

向世界投以溫柔好奇的眼光

太陽星座落獅子座的卡耶博特，是印象派畫家中人緣最好、畫工最逼真、生活條件也最好的一位。有法學及工程背景的他，作品同樣展現出嚴謹、精確、清晰的視覺風格。在〈刮地板的工人〉裡，你可以感受到卡耶博特明朗澄澈的藝術特質。藝評家莫里斯（Maurice Chaumelin）曾經苛刻地評論卡耶博特是「一個粗糙的現實主義畫家，但是比庫爾貝更聰明。

刮地板的工人（Les raboteurs de parquet,1875）／卡耶博特

雪中屋頂（Vue de toits,1878）／卡耶博特

窗邊的年輕男人（Jeune homme à la fenêtre, 1876）／卡耶博特

陽臺與奧斯曼大道（A Balcony, Boulevard Haussmann, 1880）／卡耶博特

同時又很粗暴，但又比莫內更精緻……」但我總覺得，卡耶博特與莫內，是印象派天秤的兩個極端。莫內的色彩在風中飄散，在水面迷離，現實與虛幻在畫布，及你我的心中重疊交錯，教人分不清是眞還是夢？光線與色彩在卡耶博特的調色盤上則有明顯的重量，存在感十足。即使是最單純的顏色，他都能用最俐落乾淨，也最出人意表的方式，展現都會生活的優雅詩意。

我喜歡卡耶博特筆下那些衣著入時的都會男女，良善而多情，他們在歌劇院的包廂、房間的小窗格，或自家閣樓的露臺，向世界投以溫柔好奇的眼光。寂寞在卡耶博特的畫布上有了解方，多一分敦厚，就多一分溫柔。

這也許是自作多情的一廂情願，當我們溫柔地注視世界，世界也能用溫柔回望你我。

妳聽過這首歌嗎？

冬季到臺北來看雨，別在異鄉哭泣
冬季到臺北來看雨，也許會遇見你
街道冷清心事卻擁擠，每一個角落都有回憶
如果相逢也不必逃避，我終將擦肩而去……

常這樣，哼著孟庭葦的歌，然後像卡耶博特畫中的行人一樣，撐把傘，安靜地走在雨中。原來，臺北的冬雨，也可以溫柔、也可以自質。

落下的雨，彷彿是那些流不出的淚，只有在風雨的蕭瑟中，失落才得到慰藉。滂沱中，忘記那些不斷想起，想起那些曾經遺忘，以及散落在我生命中，有她的點點滴滴。大雨像一片巨大的隔音牆將我與世界分離，水幕裡，只剩下我和那份不可分離的孤寂。

雨，像碎石般打在身上，痛楚像水中的漣漪般在身上漾開，讓我想起那些在生命中曾經下過的雨。大馬士革的雨，蒸騰水氣和著沙漠的孤獨；布宜諾斯艾利斯的雨，是雙重的悲痛與沉重；南太平洋的雨和彩虹，有我對玻里尼西亞最深刻的回憶；巴黎的雨，有我青春不悔的夢；冬夜那場稀零的雨，則是記憶中刻骨的分手與道別……

雨，不停地落下來，像是我們生命中，無力挽回的一切。我不是悲觀的人，但每一場雨總讓我感慨萬千，每一場雨都讓我感傷莫名。曾經追尋過的、擁有過的、失落過的，成了我生命中的雨季，徘徊不去。我在下雨的夜，將說不出口的思念，託付給蒼白陌生的冬雨，寄給遠方的妳。

雨中的河岸（The Yerres, Rain, 1875）／卡耶博特

阿瓦隆亞瑟的最後一次睡眠（The Last Sleep of Arthur in Avalon, 1881-1898）／愛德華・伯恩瓊斯

Chapter

6

恐怖，是最純粹的想像，無中生有的幻覺

愛德華．伯恩瓊斯（Edward Burne-Jones），
從黑暗中凝煉昇華，傳遞意想不到的美

夢魘（The Nightmare, 1781）／亨利希・菲斯利

所有的黑暗恐怖，都是心境幽微的投射

妳說，長大後的自己，變得心軟、膽小，不喜歡打打殺殺的影像暴力，也不喜歡恐怖片。

妳說，我們的世界已經有太多的扭曲，太多的黑暗，沒有必要再把自己關進驚嚇與夢魘裡頭。

而且，妳不喜歡，看完恐怖片後，一個人在床上閉上眼的感覺。

「誰知道，閉上眼後會不會有什麼事發生在我身上？」

有人說，現世是夢，只有夜晚閉上眼後，眞實才一一浮現，所有的黑暗恐怖，都是我們心境幽微的投射。

法國人則說，睡眠是片刻的死亡。當我們閉上眼，靈魂就迷失在黑夜之中，直到第一道晨光，再將你我帶回現實，脫離夢境的怪誕詭譎。

雖然老祖宗諄諄告誡：「不語怪力亂神。」但這似乎無法壓抑我對非正常事物的好奇與想像。史帝芬．金、小野不由美、蒲松齡、京極夏彥……向來都是我的心頭愛、床頭書。

姑妄言之姑聽之，豆棚瓜架雨如絲。料應厭作人間語，愛聽秋墳鬼唱詩。

超脫現實的志怪，有驚悚，也有浪漫。傳自於中世紀之初的《搜神記》，就收錄了一篇

關於遇見的故事，故事沒有清晰的開始，也沒有明朗的結局，故事很短，但是，很美。

傳說，有位名爲沈休文的書生，在某個細雨綿綿的日子，站在窗邊，呆望著天空，游離紛飛的雨絲。就在陷入沉思的當下，忽然看見園中有一位身著白衣的清麗女子，從雨中緩步而來。她手上拿著絡車，輕輕地在空中抖動著，攬雨成絲，然後輕輕地捻著晶瑩的雨絲，紡入絡中。

被這如夢情景打動的沈生走上前去，邀請女子到簷下躲雨。

兩人在空山新雨的午后聊些什麼，我們不得而知。當雨停時，女子告別書生，並且將剛剛用細雨紡好的絡絲遞給沈生：「這是冰紈，送給你吧！」

說完話後，女子飄然而去。

大夢初醒的沈生，若有所失地捧著那如煙似霧的晶瑩雨紗，在指尖感受季節雨的寒涼。終其一生，沈休文再也沒有離開過這座園林。每當煙雨濛濛之際，他就會獨自一人在園中流連徘徊，安靜地懷想那一年，恍如隔世的遇見。

沈生將女子所贈的冰紈裁成了一件衣服，視爲第二生命，終身攜帶。當七十三歲的沈休文孤獨抑鬱地走完一生後，伴隨著他入土的，依舊是那一襲冰紈。

梅林的誘惑

（The Beguiling of Merlin, 1872-1877）／愛德華．伯恩瓊斯

PEGASVS
CRY SAOR
PERSEVS
MEDVSA

千年一嘆的遇見、不得相見的想念、紡雨成紗的古老傳奇，誰說怪誕之中沒有浪漫？

在神話與中世紀傳奇裡爬梳

還有另一種浪漫，是從黑暗中凝煉昇華，它讓我們在顫慄中，感受意想不到的美。

十九世紀英格蘭藝術家愛德華・伯恩瓊斯，是拉斐爾前派（Pre-Raphaelite Brotherhood）的重要成員。拉斐爾前派是由一群志同道合的年輕藝術家所組成的兄弟會。他們相信當代的藝術墮落了，原因是他們偏離了美。文藝復興時代以後的創作者，都一味地在形式與風格中追求，卻忘了藝術最原始也最強大的能量，就是發現美的存在，進而讓世界看見美。

這群年輕藝術家特別推崇文藝復興三傑之一，優雅精緻的拉斐爾，他們想透過自己的創作，讓全世界重拾拉斐爾之前，尚未僵化、格式化的繪畫之美。著重大自然複雜與精緻美感的米雷、歌頌欲望與肉體之美的羅賽蒂（Dante Gabriel Rossetti），運用濃烈色彩與象徵說故事的亨特（William Holman Hunt），都在西方

遭遇厄運（The Doom Fulfilled, 1888）／愛德華・伯恩瓊斯

梅杜莎之死 I（The Death of Medusa I, 1882）／愛德華・伯恩瓊斯

藝術史上留下動人的記憶。而一生在神話與中世紀傳奇裡爬梳題材的伯恩瓊斯，以憂鬱莊嚴的藝術氣質，帶離我們遠離世俗塵囂。

伯恩瓊斯曾經以希臘神話珀修斯的歷險爲主題，創作一系列的大型繪畫。這位半人半神的英雄，最偉大的功績，包括斬下了蛇髮女妖梅杜莎的頭顱，以及在衣索匹亞海岸擊敗海怪刻托，拯救公主安朵美達。

骯髒的血汙，在文學與藝術中轉換成美

我特別迷戀，珀修斯與梅杜莎頭顱錯綜複雜的愛恨糾纏。

根據奧維德的《變形記》，珀修斯斬下梅杜莎頭顱的同時，從如湧泉般的血海中生出一匹長有翅膀的飛馬，能石化萬物的妖魅，竟然孕育出最輕盈的奇蹟。飛馬在赫利孔山舉蹄一踹，就冒出兩股清泉，成爲阿波羅與繆斯女神飲水之處。

當珀修斯騎乘著飛馬越過撒哈拉時，不小心將梅杜莎的頭顱掉在利比亞，雖然撿了回來，卻不慎掉了幾根頭髮。在此地遊牧的貝都因人說，因爲這場意外，整座撒哈拉只有這裡才有毒蛇。

繼續向西，是上古神話中被奧林帕斯眾神懲罰，泰坦巨神阿特拉斯擎天柱地的所在。當

邪惡的投影（The Baleful Head, 1886-1887）／愛德華・伯恩瓊斯

阿特拉斯看見到路過的珀修斯，便苦苦哀求幫他結束這永生永世的折磨。於是珀修斯拿出梅杜莎的頭顱將他變成石頭，阿特拉斯的軀體因此成了北非的阿特拉斯山脈。

返鄉的珀修斯，從此與公主安朵美達過著幸福快樂的日子。但就像所有英雄一樣，珀修斯思考著如何歸田卸甲，但要把這顆頭顱放在哪裡好呢？珀修斯決定將蛇髮女妖的頭顱奉獻給諸神，把她放到大海的最深處。「為了不讓粗砂傷害梅杜莎的頭顱，伏魔者在海底鋪了一床柔軟的樹葉，再撒下水生植物的細小枝椏，然後將蛇髮女妖的臉孔朝向海底，優雅地將她放下……」接下來發生的事更令人驚嘆，當水生植物接觸到梅杜莎目光的瞬間，立即石化成五彩繽紛的珊瑚。海中的精靈、仙女們被這魔幻的一刻所打動，紛紛蒐集海草給這顆恐怖的頭顱。

骯髒的血汙，在文學與藝術中轉換成美。

根據《變形記》的記載，在珀修斯送走蛇髮妖女頭顱的前夜，妻子安朵美達央求看梅杜莎一眼，這是改變她人生的奇異存在，但她卻從來沒有看過梅杜莎的臉孔。珀修斯是英雄，但同時也是伴侶，是溫柔的情人。拗不過妻子的哀求，珀修斯在花園中準備一泓清水，他左手高舉著頭顱，右手則緊緊牽著情人的手，再三告誡：「無論如何，千萬不要抬起頭來！」

好奇的公主探出頭來，透過水中模糊的倒影，端詳恐怖的女妖頭顱。英雄的右手緊扣公主的手腕，焦急憂慮地盯著她的一舉一動，深怕一個不小心，就失去得來不易的眞愛。

伯恩瓊斯透過嚴謹的構圖，融合理性的冷漠與好奇的熱情，重新闡釋古老的傳奇，冶煉出浪漫、怪誕、荒謬，又不可思議的〈邪惡的投影〉。原來在恐怖與邪惡之中，也可能發現意想不到的美。

雪萊曾說：「恐怖，是最純粹的想像，無中生有的幻覺。」因爲我們相信，所以「它」能存在。

但他的好朋友拜倫，則有完全不同的定義：「從時間之初，恐怖與死亡就已存在，它超越所有物理性的存在，即使我們消失後，它依然存在。」

拜倫告訴世界，所謂的「恐懼」就是對生命及死亡的敬畏。因爲我們意識到自己的渺小，所以面對比自己還崇高強大的力量，一定會感到無助。

從恐懼到美，藝術家告訴我們，其實只有一線之隔。

心理學家榮格說過：「眞正的自我成長，在嘗試探索自己最恐懼的事物後開始。」

下次，在一起看完恐怖片後，我答應妳，會緊緊握住妳的手。

Chapter
7
背影，也能道盡萬語千言

赫默塞（Vilhelm Hammershøi）的畫
是灰階的夢、無言的詩，建構出尾韻深遠的禪境

人總是習慣某種自己

我靜靜地站在畫前，享受片刻的寧靜與自在。

話說從頭，好像有記憶以來，我就不太喜歡照相。與其說是怕麻煩或害怕什麼，更誠實地說，是對「相片中的自己」彆扭。

如果可以，我會盡可能迴避所有的「我」。報章雜誌、電視錄影、網路視頻、手機裡的相片……不知道從什麼時候開始，看著自己的臉孔，就感覺不自在。

記得每次錄影時，現場總會有些朋友或工作人員，看見氣氛佳燈光美的節目布景就興奮地拿起手機，左一張右一張地自拍。千篇一律的美照，大同小異的角度，不太有變化的姿勢，就連微笑的嘴角、上揚的角度都一模一樣。人總是習慣某種自己。

不過，換個心情來看，能如此地愛自己，應該是件美好的事吧！

相對於表現力十足，辨識度高的臉孔，我對無聲勝有聲的「背影」有某種特別的情感。父親離家的背影、母親哭泣的背影、情人離去的背影、在車站機場目送摯友的背影……背影是告別、是拒絕、是隱藏，也是鉛華洗盡後的瀟洒。

在沉默轉身的同時，背影，也能道盡萬語千言。正因爲如此，我對於藝術中的背影，情有獨鍾。

休息

（Rest, 1905）／赫默塞

一個讓時間停滯不前的神祕次元

一八六四年，出生於丹麥哥本哈根的赫默塞，可說是近代最擅長描繪「背影」的藝術家。走過印象派、後印象派、點描派、表現主義、立體派、野獸派、超現實主義意氣風發的年代，他仍執意走自己的路，用畫筆捕捉光影變幻中的逝水年華，以及隱藏在日常裡，無從面對的寂寞。正因為赫默塞獨樹一格，甚至於是不合時宜的個人特色，所以藝術家生前並沒有太多人關注過他。

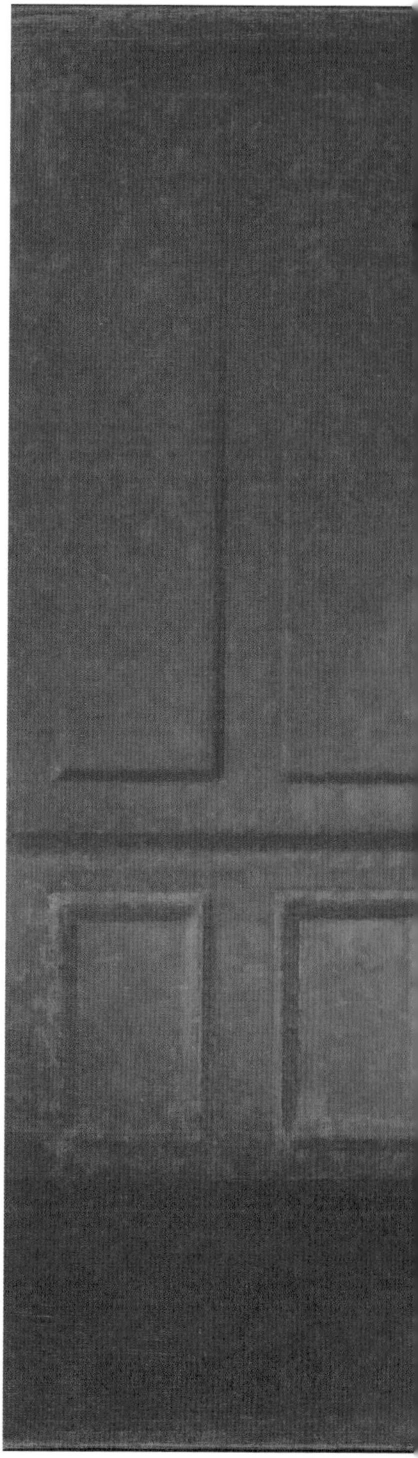

月光

（Moonlight, Strandgade 30, 1900-1906）／赫默塞

即使身後，也直到二十世紀最後十年，這世界才有機會，重新認識這位隱姓埋名的藝術家。

對我來說，赫默塞的繪畫是灰階的夢、無言的詩。鮮明的色彩能帶來孩子氣的愉悅或園遊會式的歡騰，但赫默塞能透過象牙白的牆壁和幾件樣式簡單的家具，建構出尾韻深遠的禪境。在過於喧囂的繽紛之中，藝術家以創作，沉默地表達他對當代過度擁擠、崇尚繁文縟節，維多利亞風格的反感。

在他的藝術裡，生活就是繪畫，繪畫即是生活。他沒有專屬的畫室，實際上，家裡任意的角落都是赫默塞創作的空間。

> 室內的光、簡單的線條，和觸目可及的乾淨明亮，都是我靈感的泉源。

赫默塞對「光」的痴迷程度，比起卡拉瓦喬、林布蘭、維梅爾或莫內，有過之而無不及。他總是不厭其煩地待在同樣的角落，一次又一次地描繪了相同的窗戶、門扉、桌椅，和他的妻子艾達。偶爾調整家具擺設的位置，讓屋內空間布置

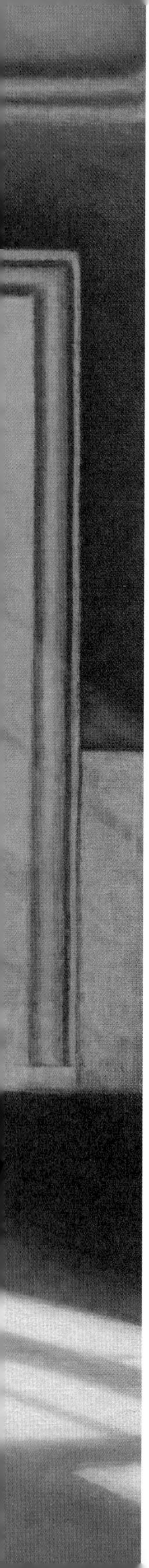

在陽光下跳舞的塵埃

（Dust motes dancing in the sunbeams, 1900）／赫默塞

有點變化，然後繼續作畫。赫默塞以異於常人的執著，嘗試在平凡的事物中，發掘某種形而上的精神意義。

雖然赫默塞畫了他的家，但他的創作與當時的潮流相反，並沒有關注家庭生活的樂趣，看畫的我們也沒有被邀請進入藝術家的日常生活。赫默塞在空間中撒下微妙的灰階變化，讓顯性的孤獨主導空間，進而打磨出一個讓時間停滯不前的神祕次元，開啓一扇通往非現實的藝術世界。

我迷戀赫默塞畫中的女子，總是梳著簡單優雅的髮型，一身素雅的黑或白，無聲無息、孤獨地站在窗前、門後或其他看得見的角落。她開心嗎？還是沉溺在我們難以得見的悲傷

阿美琳堡廣場

（Amalienborg Plads, 1896）／赫默塞

呢？在波瀾不興，彷若止水的平靜底下，是不是有什麼外界無從知曉的渾沌掙扎呢？

沒有人進得去，也沒有人出得來

有關於赫默塞的一切，我們了解的太少。

從流傳下來幾本薄薄的筆記、幾封書信、幾幀便箋，只知道赫默塞早年就在哥本哈根從事建築、室內空間、肖像與風景畫的創作。

我在丹麥看過他早年的風景畫。異常遼闊的天空下，杳無人煙的街道，空盪寂寥的廣場，沒有人進得去，也沒有人出得來，看不見飛鳥，也沒有樹木花草，沒有任何會走會動的東西，此時的赫默塞，創作帶有某種記憶、哀悼的性質，每幅畫彷彿是抽乾空氣後的眞空，透露出難以言喻的寂寞。

一八八七到九四年之間，赫默塞離開哥本哈根，展開一趟漫長的旅程，足跡遍及西歐幾座藝術重鎭：斯德哥爾摩、柏林、阿姆斯特丹、布魯塞爾、巴黎及羅馬，影響赫默塞最深的，是霧氣瀰漫的倫敦。

似乎，在維多利亞時期待過倫敦的藝術家，霧氣都會繼續在他們的創作中氤

四個房間、藝術家的家

（Four Rooms, Interior from the Artist's Home, Strandgade 25, 1914）／赫默塞

氳：泰納、莫內、惠更斯、貝葉斯……

當然，還有赫默塞，只不過霧氣來到他的畫中，化成悠長深遠的呼吸，藉由反覆描繪的線條與幾何，呈現出富有哲學意味的空間感。

當時有許多藝評家，一再以赫默塞的畫作「老氣、沉悶、曖昧不清」爲理由，拒絕他參加繪畫展覽，即使在祖國丹麥，赫默塞也被視爲「頑固、偏執、不夠時尚」，因而排除在藝術界外，逐漸被世界所遺忘，只剩下極小部分的愛好者，耽美在赫默塞的孤寂之中。

有人在他的畫中看見離別、失落與悲傷；有些人則看見溫柔、承諾及希望。英國著名的旅行家及電視製作人麥可．帕林（Michael Palin）是赫默塞忠實的擁護者，同時也收藏了幾幅他的作品。

在某次聚會，我意外地見到麥可．帕林，有機會訪問他對赫默塞畫中女子的感受。「在背對中，我看見扭曲痛苦的掙扎。」

麥可繼續說道：「一個困在迷惑之中的靈魂……當然，這也只是我的猜測，沒有人知道赫默塞創作時的心情，究竟如何？」

內部、從後面看的少婦

（Interior with Young Woman from Behind, 1904）／赫默塞

眼中無可取代的存在

有好長一段時間，我也是這麼認爲，赫默塞的畫悲傷、冷漠、孤僻，直到某一天，我才明白，或許事實不如想像來得哀戚。

那是一個恬靜的冬日午後，東京上野的國立西洋美術館內，人們在低聲細語中，從中世紀往後現代的旅途，緩緩移動。柯比意設計的博物館空間讓光線說話，所有的擾攘紛爭、所有的世故人情，都消融在藝術的美好之中。

在迂迴的長廊盡頭，是赫默塞一九一〇年的創作〈鋼琴前的艾達〉。妻子艾達坐在房間的另一頭，若有所思的背影，引人遐想。

我站在畫前許久，突然發現身旁多了一位紳士裝扮的老先生，彷彿是李歐納．柯恩的東方版本，同樣饒有趣味地看著畫中的艾達。

「你知道，畫家和他的妻子感情非常好吧！」突如其來的攀談，讓我有點不知所措。

「我讀過幾篇文章，大概知道這件事。」

「那你認爲，他的畫充滿悲哀嗎？」

「雖然大家都那麼說，但我總覺得有點不對勁……」

我們都被畫中難以捉摸的寂寞，深深吸引。

庭園內部

（Interior of Courtyard, Strandgade 30, 1899）／赫默塞

「有沒有想過，這全是充滿愛的視線啊！」老先生意味深長地嘆口氣：「在他眼中，畫中的女人，就是他的全部。」

我和老先生肩並著肩，繼續在畫前待了許久。

結束漫長的旅行，返回丹麥定居的赫默塞夫婦，直到一九一六年畫家過世，他們似乎再也沒離開過哥本哈根。直到人生的最後，赫默塞與艾達擁有彼此，也只有彼此。在藝術家的眼中，妻子是無可取代的存在，言語無法傳達的愛，就用畫筆來傾訴。

赫默塞自始至終都以若即若離的距離，凝視情人的背影。如此的愛，比世人的想像更加深沉，也更加豐厚、圓滿。所有的蜜語甜言、海誓山盟，都化作黑、灰、白的色調，凝練成心無旁騖的深情注視。

愛，就潛藏在微不足道的日常事務，孤獨，原來也是愛情。突然間，連寂寞也變得美好，或許畫家和我們一樣，期待畫中女子的回眸與微笑。

內部

（Interior, 1898）／赫默塞

鋼琴前的艾達

（Interior with Ida Playing the Piano, 1910）／赫默塞

第二部

給人群中的每一個你

寂寞博物館

Chapter

1

看見動盪之後的寒愴

文生．梵谷（Vincent van Gogh），

流離顛沛也銘印著生命意義，刻劃莊嚴的美

當生活無預警崩解碎裂

「喂。」

「還好嗎？」

「沒事。」

妳的無奈，透過0與1的編碼，傳輸與調變，我仍然可以接收來自彼端的心殤。

我聽見，妳在話筒另一端的哭泣。

我明白，平常大家眼中樂觀開朗的妳，有意無意地聊聊工作的甘苦，承擔著家人朋友同事的期待與不理解，什麼事都往心裡去。當苦澀來臨時，才知道平常的笑容都只是僞裝，所有的積極，也只是若無其事的奮力掙扎。

看似努力，卻又漫無目的的一天徒勞後，妳只想趴在桌上，或坐在某個沒人看見的角落，確認自己有多麼脆弱，多麼地格格不入。

當生活無預警崩解碎裂時，會有那麼一段時間，靈魂像插了一塊碎破璃，時時刻刻，傷口在磕磕絆絆中隱隱作痛。我們總在跌跌撞撞裡想起，曾經，有那麼一個人，穿過苦難的幽谷，活出身而爲人的驕傲，活出生命的感動，也讓我們看

黃色小屋（The Yellow House, 1888）／文生・梵谷

見動盪之後的寒愴。

他的名字，是懷才不遇的代名詞，他的藝術，是美好與殘酷的眞實映照。一生在「理想」與「愛」之間追逐的文生．梵谷，浪擲的輕狂、揮霍的衝動，加上近乎潔癖的完美主義，閱讀文生的年少，彷彿看見初出茅廬勇於衝撞，卻也遍體鱗傷，故作堅強的自己。

現實生活是寸步難行的沼澤

從海牙到巴黎，從鬱結灰暗的寫實主義到繽紛斑斕的點描風格，文生以無比的眞摯生活，生活卻沒有以對等的熱情回應。他在藝術及麵包之間拉扯，汲汲營營。

大人世界的冷漠，現實生活的粗暴，遠比小說戲劇更加窮凶極惡，無足輕重的自己，隨著時間的風愈飄愈遠，好不容易，以爲落在堅實的土地，卻發現是寸步難行的沼澤。我們應該如何安頓迷惘的自己呢？

一八八五年，徘徊在父母期望與自我實現中的文生，畫下了〈打開的聖經〉，翻開的聖經，經文停留在《舊約．以賽亞書》第五十三章，「我們所傳的，有誰

朗格魯爾吊橋（The Langlois Bried at Arles, 1888）／文生．梵谷

打開的聖經（Still Life with Open Bible, 1885）／文生．梵谷

奧維的風光（Les Vessenots in Auvers, 1890）／文生・梵谷

信呢？他被藐視，被人厭棄；多受痛苦，常經憂患。他被藐視，好像被人掩面不看的一樣；我們也不尊重他。」經文直書世人會因爲無知而唾棄上帝的僕人，是否，也預示著文生可能殞落的未來呢？

文生的父親，西奧多魯斯．梵谷是荷蘭歸正宗教會的神職人員，「每次看到聖經，我總會想起嚴謹又嚴厲的父親。」存在感十足，位居畫面中央的聖經，不禁讓我們想起，西奧多魯斯沉默嚴峻的面孔，同時，聖經也暗示著文生對自己過往的回憶。

相形之下，卑微可憐的黃皮小說屈就於構圖的右下角，它是埃米爾．左拉（Emile Zola）所寫的《生命的喜悅》（*La Joie de vivre*），文生最喜愛的作家。左拉的筆下，總是洋溢著令人神往，別具風味的現代生活。西奧多魯斯還在世時，對當時所流行的自然主義小說很有意見，但這些對現代生活進行病理解剖的文學創作，卻是文生的心頭愛，這也是他們父子倆發生爭執的原因之一。該忠於自我，飛向開闊明朗的天空，還是腳踏實地，安分守己地完成家人對我們的期待呢？

「我對生命一無所求，唯一渴望的，只想奮力活出內在眞實的自我而已，但究竟爲什麼如此艱難呢？」究竟是對無能的自己感到失望，還是對迷亂的花都意冷心灰呢？與譏諷和嘲笑搏鬥兩年之後，一八八八年二月二十日，文生終於下定決心，拒絕巴黎，前往他的理想中的「南方」，最完美的創作天堂。在他的想像中，「南方」應該像德拉克洛瓦所拜訪過，充滿異國情調的北非撒哈拉，或是像都德（Alphonse Daudet）的短篇故事集《達拉斯貢的戴達倫》（*Tartarin de Tarascon*）所描寫，在清明澄澈的青空下，充滿陽光與歡笑。

撫慰寂寞的天鵝之歌

不過，那年冬季特別溼冷漫長，即使是溫暖的普羅旺斯也不例外。在一場淒迷的大風雪中，文生抵達亞爾，陰冷的古城，和他所預期的明媚全然不同。或許，生命的蕭瑟仍有雨過天晴的時候，終於，在多年的漂泊後，文生第一次找到，真正能夠釋放他的所在，尋回內心遺忘已久的陽光。

我們所熟悉的向日葵、黃色小屋、隆河的星空、夜間咖啡館，都是亞爾時期的創作。令人遺憾的是，亞爾成就了文生偉大的藝術精神，卻也是他崩壞的開始。被一連串失序、混亂與衝突打擊的文生，精神崩潰了。受創的心需要時間修復，殘缺的靈魂也需要靜心療養。亞爾、聖雷米、巴黎，最後落腳奧維，這是梵谷生命裡碩果僅存的風和日麗。

十九世紀時，奧維這座小鎮吸引了許多畫家。巴比松畫派的杜比尼、柯洛及杜米埃都曾在這裡住過。畢沙羅與塞尙也在這裡發掘過靈感，而來自荷蘭的畫家安東・賀爾席格（Anton Hirschig），則陪伴文生度過生命的最後兩個月。

錯節的樹根、風中的麥田、快速流動的雲，全都擁有絕美的色彩與線條。尤其是昂揚不屈的綠，深得我心。我想畫下那些令人心動的顏色，畫下那些蜂湧而上的瘋狂……但我眞正想要的，是讓人繼續活下去的力量。

沁藍的天空下，鮮嫩的綠蘊藉著新生的希望，在微風吹拂下，原野在陽光下輕快地舞動著。不知名的黃色花朵，在搖曳中自顧自地綻放，屬於人造的文明退到遠方，大自然占據我們所有的視野。我私心地認爲，梵谷在奧維時期的創作，是最打動人心，也最能夠撫慰寂寞的天鵝之歌。厚塗的色彩，堆疊出遼闊的寧靜，俐落的筆法，刻劃出深刻的莊嚴。看似騷亂不安的構圖，卻讓我們切實地感受到「我想活下去」的強烈意念。

文生在生命的最後幾週，創作出這幅撼動人心的〈雷雲下的麥田〉。有人說，它充滿了令人窒息的寂寞，也有人說，在畫裡看見精神崩潰的前兆，更多人說，山雨欲來的絕望在地平線蠢蠢欲動。毫無懸念，所有的線索都指向：然後，他結束自己的生命。

「在經歷了這麼多可怕的事情後，我覺得無比平靜。」文生在完成這幅畫後說道：「現在，我只想好好活著。」白色、綠色、藍色、黃色及少許的紅，畫家以純真無邪的筆觸，鋪陳出像大海一樣無邊無際的麥田。孤獨在廣大無垠的空間中迴盪，在經歷窮愁潦倒的窘迫後，文生依然能以真誠與豁達，感動著因現實而麻木的你我。

「我想用藝術感動世人，我希望他們看了我的畫後能說：他是多麼地深刻而溫柔！」即使前方滿布著不安與艱辛，或許，當所有的波濤動盪都歸於平靜後，我們才會發現，致遠的寧靜是美，流離顛沛也銘印著生命意義，刻劃莊嚴的美。

雷雲下的麥田

（Wheatfield under Thunderclouds, 1890）／文生・梵谷

Chapter

2

你知道，明天還是有希望的

愛德華．孟克（Edvard Munch），
與世界保持距離，將內心的絕望化成不安的色彩

只是因為還不想放棄

囚錮在平淡日常的周而復始中，沒有什麼，比休假更棒了。妳記得剛踏入職場，終於可以放假的解脫嗎？彷彿從地獄飛昇至天堂般的幸福。相對的，當收假回到工作崗位時，又像是從天堂跌落至地獄般的灰暗。

休假期間，終於可以睡到下午也沒關係，起床後，也許一個人到家附近的百貨公司晃晃，或是漫不經心地在書店裡走走，餓了，一個人的小火鍋也很自在。要不然，就和姐妹朋友們碰面，喝喝茶，聊些自己沒能在場的美好或遺憾。做什麼都好，只要不是工作，就好。

當我們面對工作上、家庭中，或感情裡所有的不盡人意時，總是選擇忍耐，選擇壓抑，選擇自我放棄。

即使滿腹委屈，即使充滿怒氣，可能是沸騰不已的愛，或是冰凍成霜的恨，都無法誠實地展露眞正的感受。因爲我們知道，一旦展露眞實的想法，隨即就被貼上「自私」「懦弱」「驕傲」或「不講理」的標籤。「以前可以，爲什麼現在不行！」「原來你的溫良恭儉讓都是裝出來的。」一句不明就裡、沒有設身處地的否定，抹煞我們過往所有的努力。

手持香菸的自畫像

（Self-Portrait with Cigarette, 1895）／愛德華・孟克

原來，釋放自己壓抑的情感，誠實地表達自我感受，在舉步維艱的現實中，是件多麼危險的事啊！極力維持的和平、堅守的善良、克制的欲望、隱藏的負面情緒，很可能在赤裸直白的矛盾齟齬後，分崩離析。

於是，我們學會武裝自己的懦弱、學會漠視自己的悲傷、學會在人前故作灑脫，學會面對公婆、長官、同事、陌生人無理羞辱時沉默以對。這也就是爲什麼，妳想一個人逛書店、看電影、聽音樂，因爲我們知道，如果繼續雲淡風輕，眞實的自我，也將一點一滴地在若無其事中消磨損耗。

我們還不想放棄自己，想眞實地感受，自己仍是有感情的存在。在比利・哈樂黛的〈*I am a fool to want You*〉中失聲痛哭；讀小說《包法利夫人》爲艾瑪的死激動不已；在無人相識的異地旅行覺得自在；走在落英繽紛的紫藤花下感受傷逝的美；與久別重逢的好友相擁落淚；面對驚喜求婚時的喜極而泣……記得當下內心那份壓抑不住的洶湧澎湃嗎？唯有那一瞬間，我們才眞實感受：「原來，我還在。」

也許，簡單一點，只想找個地方，用力地嘶吼，用力地吶喊。

自畫像，在時鐘與床之間

（Self-Portrait. Between the Clock and the Bed, 1940-1943）／愛德華・孟克

忌妒（Jealousy, 1907）／愛德華・孟克

生命之舞（The Dance of Life. 1899-1900）／愛德華・孟克

舊天堂與新地獄同時存在

「孟克是一個沒有愛的人，他畫作所用的顏色，反映出內心的驚恐，代表著人生所受的苦痛。孟克的內心灰暗、痛苦，他是個糟糕的野蠻人，卻也是個耳聰目明的頹廢者。在他的作品中，舊天堂與新地獄同時存在。」藝評家沙達在看過孟克的作品後，在一篇特稿中大書特書他的觀點。

面對生命的錯綜複雜，藝術家常被視為最敏銳的先知，形而上世界的探索者。假使，創作者內心無愛，那他又如何創作出打動人心的作品呢？

我從小就被死亡、瘋狂與疾病的「天使」尾隨……我很早就知曉人世的悲苦淒涼、來生的種種，以及地獄的懲罰。

出生於挪威東部，原始蠻荒與農業文明交會的洛滕（Løten），愛德華．孟克在一個功能失調的

吶喊（The Scream, 1893）／愛德華．孟克

家庭成長。五歲時，母親就死於肺結核。

當父親不憂鬱時，他會像個大孩子般陪我們玩。但當他處罰我們時，卻又暴烈地近乎瘋狂。我總覺得自己的遭遇不幸，沒有母親的關愛，體弱多病，又常遭體罰。

在反覆無理的關愛與暴力下成長的孩子，終其一生，將背負名爲「不信任」的十字架，在艱險人世跌跌撞撞。

我不相信孟克內心沒有愛，只是在很早的時候，他就決定扼殺情感、壓抑情緒，學會與世界保持距離。

如威士忌般濃烈灼口的表現主義

孟克在二十二歲左右就清楚地意識到，藝術的使命是「刻劃內心世界，而非描摹外在現實。」他認爲在冷靜、理性下創造的所有事物都刻意迴避個人情感，違背人性。

相對的，將誇張色彩與扭曲線條做有機的組合，捨棄印象派所蘊含的自然主義，將想說的話去蕪存菁，並且加入更豐富的情感表達，這是孟克的藝術理念，也是俄羅斯的康丁斯基（Wassily Kandinsky）、奧地利的席勒（Egon Schiele）、東方的趙無極所追求，於是，如威士忌般濃烈灼口的表現主義（Expressionism）就此誕生。

表現主義所探索的，是人類集體潛意識中最原始、最基本的感受：對生的戀棧、對死的恐懼。透過藝術家對情感的蒸餾提煉，從中釋放出強大的生命動能。

事實上，表現主義形式總出現在人心浮動、衝突頻繁的動盪年代。羅馬西斯汀禮拜堂、米開朗基羅的〈最後的審判〉、西班牙托雷多的葛雷柯、年老的林布蘭及哥雅、英國最偉大的藝術家泰納，都以絕對清醒但充滿情感的方式，以超驗的精神經驗去對抗機械化的工業文明，與非人性化的數學性邏輯思維。

孟克的前半輩子不斷面對家人的瘋狂與亡故，終其一生，害怕被死神捕獲的焦慮始終讓他抑鬱難耐，他將內心的絕望化成不安的色彩。

我厭世、疲憊不堪……當我停下腳步，朝天空的另一側望去，接近午夜的太陽緩緩向西沉去，將雲彩染成血紅……我彷彿聽見一聲淒厲的哀嚎響遍峽灣，於是我畫了這幅畫，將雲彩化成淋漓的鮮血，讓色彩去吶喊。

扭動的紫、浮躁的黃、濃稠的紅、齜牙裂嘴的綠、潛遁著惡意的藍，無知的黑與盲目的白，纏繞著因過度驚嚇而抽去生命的孱弱身形。

孟克的〈吶喊〉是他發自內心，無言的呼救、最沉痛的抗議。除了吶喊，生命沒有出口，也沒有被看見的可能，除了吶喊。

我們在孟克的筆下，看見自己的脆弱：所有隱藏起來的委屈、所有被壓抑的情感，好想用力宣洩，大聲地喊出來讓全世界知道。

身而爲人的苦悶，孟克最懂，當我們看著〈吶喊〉時，似乎也隨著畫中人物搖擺、晃動、吶喊。

也許，妳還找不到方法堅強，也許，妳還不知道怎麼勇敢，那麼與其將所有的辛酸放在心中，不如找個機會用力吶喊。或許，在聲嘶力竭之後，妳該慶幸，原來，我們還有力氣去恨，還有力氣去愛，還有信心，誠實面對太陽依舊昇起的明天。

妳還是可以告訴自己：明天，是有希望的。

Chapter

3

正因為曾經愛過

芙烈達・卡蘿（Frida Kahlo），

在畫布上描繪苦難，讓自己成為愛情的殉道者

愛情沒有邏輯，沒有道理

因爲曾經愛過，所以，妳選擇一個人。

從學生時代到踏入工作職場，不管現實多麼令人失望，妳對愛情仍懷抱憧憬與堅持，對生活仍充滿期待及追求。單身的妳，並不是因爲眼高手低、挑三撿四，而是，妳清楚地知道，自己要的是什麼。

妳告訴我，每段過往的愛情。我知道，眼前的妳即使傷痕纍纍，但仍然浪漫深情，無怨無悔。在愛情的轉角，依舊有妳守候的身影。

姐妹相約出門，但妳只想在家，等一通可能會叩來的電話。那套爸爸有意見，小性感的Slim Fit連身洋裝，是特別爲下次約會，給他的驚喜。大家都取笑妳的手殘，但爲了他下禮拜生日，紅著眼，花了幾個晚上做張卡片，單純如妳，只要看到他的微笑就心滿意足。最近他的工作不太如意，但妳並不介意多付晚餐錢。好不容易等到了假日，他卻和兄弟們出去打球，再熱的天氣，妳也在球場邊爲他加油。姐妹淘嫌棄妳的每一個他，身材太瘦、頭髮太少、無聊、有點難笑、看起來很花、賺得沒妳多，最後結論是：他配不上妳。

雖然唱衰的多，祝福的少，數不清的盼望與失望。但妳總樂觀地相信，明天或許會不一樣。有人說，天下有幾種東西是努力不來的，但妳總想做得更好，好到讓全世界都認定妳無可取代，然後不吵不鬧地陪在他身邊，或許有一天，他會第一個想到妳。

但是，不是每個故事都有美好結局，分手的時候，妳還是哭得死去活來，一次次受傷，總是一個人流淚，一個人堅強。

他走了，妳留了下來，但妳努力地告訴自己，要練習一個人生活，一個人換燈泡、一個人看電影、一個人逛超市……一個人……

又過了一段時間妳才明白，愛情沒有邏輯，沒有道理，沒有先來後到，沒有是非對錯，愛情來了又走，單純地就是，愛與不愛了。

然後，妳看見了芙烈達．卡蘿，一直告訴自己要堅強，這才發現，妳和畫中人一樣，早已身心俱疲，傷痕累累。

早熟地了解孤寂，體會生命的殘缺

回顧芙烈達的人生，是一連串難以想像，也難以言狀的身心靈折磨，遠超過一個人所能承受。六歲時，小芙烈達不幸罹患小兒痲痺，雖然大病痊癒，但也造成了她右腳變形微跛：「九個月的臥床，是我第一次與孤獨相處，體會一個人的冷清與寂寞。」

身體上的傷殘，讓她早熟地了解孤寂，體會到生命的殘缺與不完美。

一九二五年九月十七日，十八歲的芙烈達在搭乘巴士前往學校的途中，遭遇一場可怕的交通意外。

撞擊將我向前拋射，公車的扶手，像利劍刺穿公牛般刺穿我，時間凍結在痛楚上，鮮血像噴泉一樣湧出。一名路過的男人，將貫穿我身體的鐵柱硬生生地拉出，痛不欲生的我，只希望這一切趕快結束。

這場明媚午後的飛來橫禍，讓卡蘿的脊柱斷了三處，鎖骨粉碎，肋骨也有兩處開放性骨折，左肩脫臼，而原本就細瘦的右腳更因爲意外斷成十二節，右腳掌也被壓碎，骨盆有三處破裂，子宮也嚴重撕裂……全身上下無一處倖免的芙烈達，在往後的二十九年，一共動了三十四次外科手術，修補不堪的身體。車禍另一項深沉的傷害，是造成她的骨盆變形，導致日後三次流產。

終其一生，芙烈達的身體都在剖開與癒合間來回擺盪，沒有度過一天健康，無病無痛的日子。

站在芙烈達〈破碎的脊柱〉前，我們幾乎可以感受到她那份難以直視的肉身磨難。瀕臨崩解的肉體，被多到數不清的鋼釘，像標本一樣固定在象徵「自由」的藍天及「渴望」的大地之中。斷裂成好幾截的愛奧尼亞圓柱，撐起搖搖欲墜的背脊。赤裸的肉身被令人無法喘息的矯正衣緊緊束縛，每一次呼吸，都伴隨著外人無從體會的痛楚。明明告訴自己：「妳是大

破碎的脊柱（The Broken Column, 1944）／芙烈達．卡蘿
© 收藏於 Museo Dolores Olmedo

聖賽巴斯汀和麥當娜與聖徒（Hl. Sebastian und Madonna mit Heiligen, 1525）／索多馬

受傷的鹿（The Wounded Deer, 1946）／芙烈達・卡蘿　© 私人收藏（Carolyn Farb 所有）

人了，不可以哭。」淚水還是不爭氣地流了下來。這不是搖尾乞憐的哀號，而是在一切非人道的殘酷對待後，仍堅強地保有最後一絲尊嚴，直視充滿惡意的現實。

漠然無畏的眼神，其實隱藏了芙烈達內心不願承認的脆弱。

所有的捨不得，終會棄我們而去

芙烈達的痛，是不是讓妳想起在十字架上受難的耶穌基督，或是被綁在木樁上，遭受磔刑的聖賽巴斯汀（Saint Sebastian）以無罪之身，受極刑之苦。卡蘿在畫布上，仔細地描繪自己的苦難、現實中的屈辱、不可承受的輕。她讓自己，成爲愛情的殉道者。

除了肉身上的毀壞苦痛，芙烈達的心靈也不

斷面臨摧折。半輩子與她分分合合的男人，被藝術界視爲「墨西哥的喬托」的偉大畫家迪亞哥．里維拉（Diego Rivera），是芙烈達終生不渝的愛，卻也是傷她最重，刻骨的恨。里維拉除了和數不清的女人發生關係外，竟然與芙烈達的親妹妹有染，這件事讓她身心備受煎熬，支離破碎的，不僅是身體，也是畫家自己靈魂的映照。

或許，過了很久以後，芙烈達也明白了，所有的捨不得終會棄我們而去，在失去一切之後，剩下的，只有自己。

在〈兩個芙烈達〉，妳可以看見，身著象牙白高領、維多利亞仕女服的芙烈達，左手握著穿著墨西哥傳統服飾特旺納裝的自己。在愛情中跌倒、在生活中迷惘，回過神來看看周遭，不需要哭喊，沒有嘶吼，沒有旁人，只有自己。長久以來，就只有芙烈達扶持自己、撫慰心傷的自己。

生活中所有的苦不堪言，只要對的人一個意會的微笑，一份「你懂」的眼神，都是一份慰藉，一種成全。

每個人都有一雙手，放開對妳不好的他，對自己好一點，或許有一天，會有另一位珍惜妳的人，執子之手，與子偕老。

兩個芙烈達（The two Fridas, 1939）／芙烈達．卡蘿　© 收藏於 Museo de Arte Moderno

Chapter

4

傷心，就應該盡情哭泣

畢卡索（Pablo Ruiz Picasso），
融合立體派與超現實風格，
勾勒出愛情的真實與殘酷

哭泣的女人（La mujer que llora, 1937）／畢卡索

當愛情走遠後

記得，有人這麼說過：「愛，只是天時地利的迷信。若有緣，萬丈的紫陌紅塵也彷彿近在咫尺，那人總會從遠方披星戴月而來，結束你無悔的等待；若無緣，縱然你無限深情地長在他必經的路旁，陽光下慎重地開花，他終將無視地走過，留你在原地，獨自凋零。」

到頭來，人生若只如初見的怦然心動、衆裡尋他千百度的流離顛沛、君問歸期未有期的掛肚牽腸、半緣修道半緣君的滄海桑田，都只是一廂情願的惘然，都只是一晌貪歡的執迷。終有一天，夢會醒，世界繼續前進，只剩下你，留在原地。

我無法，不看著妳。留在原地，哭得傷心。任何的風吹草動，都能讓妳想起，曾經擁有的他。

曾經，他是妳的全部，如今卻一無所有。

曾經，他是妳的未來，如今也不復存在。

每天醒來，總在枕頭上發現風乾的淚痕。經過街角那家便利商店，妳總會下意識別過頭去，以前他會站在外頭，端著妳愛的拿鐵等妳。

他的微笑，慌亂了妳少不更事的年華，妳將未來託付給曾經溫柔的他，曾幾何時，妳變成他可有可無的存在，他卻成了妳患得患失的青春。他離開後，妳和殘存的夢留在原地，遙望幾乎到手的幸福。

最後，妳才發現，原來快樂無法偽裝，傷心只能原諒，心痛無法假裝，永恆與瞬間一樣。當似錦繁華轉身過後，是拂了一身還滿的荒涼。不知不覺，眼淚又掉了下來。

當愛情走遠後，心碎的妳，是什麼模樣呢？

傷透女人心的惡魔

一九三七年，畢卡索畫下了「藝術史上哭得最傷心的女人」。畫中的她，戴著一頂豔紅的仕女帽，就連頭髮也精心打理過。

對我來說，她就是哭泣中的女人。幾年來，我都在畫她遭受痛苦折磨的樣子，沒有施暴虐待，也不帶著絲毫愉悅，只是遵從於視覺影像。深刻地寫實，而不只是停留在表面。

雜亂無序、支離破碎的臉孔上，散布著扭曲變形的五官，骯髒的黃糾結著憂鬱，螢光綠是遮掩不了的妒忌，沉溺的紫預言著從此心碎難癒。但眞正醒目的，是那失去血色的白、冰冷沉默的白、槁木死灰的白。蒼白泛青的臉龐上，斗大淚珠從眼眶直直滑落，而凌亂皺摺的白手帕，加深了她悲傷無助的感受。

顫抖抽搐的嘴角是壓抑不了的憤怒、被拋棄的羞愧讓她咬牙切齒，在這張撕裂、錯置的臉孔上，妳看見那個哭泣的自己。傷心，就應該盡情哭泣。

畢卡索將追求破壞、解構、重組的立體派（Cubism），與深邃、充滿矛盾的超現實風格（Surréalisme）融合，勾勒出男子無情，女子無助的心理圖像。

畫中的她，是畢卡索相處九年的情人朵拉．瑪爾。我對曼．雷爲她拍的照片印象深刻。修長的手指，若有所思地夾著煙管，小細節煥發出朵拉強烈、高敏感度的自我。另一張「美好年代」（Belle Époque）風格的沙龍照，則表現出朵拉身爲巴黎女子的感性與知性。

藝評家讓．萊瑪里在《正常與偏執》寫道：「畢卡索一生都受性的誘惑，他在作品與生活中都充分享受它所帶來的滿足與愉悅。」畢卡索的藝術生涯與感情生活，就像他的名字一樣糾結複雜：巴布羅．狄亞哥．何塞．弗朗西斯科．德保拉．胡安．尼波穆切諾．瑪麗亞．德洛斯雷梅迪奧斯．西普里亞諾．德拉聖蒂西馬．特立尼達．魯伊斯．畢卡索（Pablo Diego José Francisco de Paula Juan Nepomuceno María de los Remedios Cipriano de la Santísima Trinidad Martyr Patricio Clito Ruíz y Picasso）。身爲創作者，畢卡索是希世天才、偉大的先行者。但身爲男人，他則是冷漠、偏執、傷透女人心的惡魔。和畢卡索有長期關係的六個女人，生命都充滿了不幸，除了一位拋棄他後能堅強地活下去外，兩位瘋狂、兩位自殺，另一位憤鬱而終。

哭泣的女人（La mujer que llora, 1937）／畢卡索

朵拉・瑪爾（Dora Maar）

曼・雷（Man Ray）攝

愛情，在女人的哭泣中粉身碎骨

一九三五年深秋，朵拉與畢卡索第一次相遇，是在電影《*Le Crime de Monsieur Lange*》拍攝現場，不過畢卡索對這次的邂逅毫無印象。直到幾個月後，兩人再次於雙叟咖啡館（Café des Deux Magots）相遇，這一次，畢卡索清楚地記得坐在鄰座的她。

藍色眼珠點亮的面頰上，綴著纖細有個性的睫毛。她不停地在手指間玩弄一把小刀，不小心切到手指，有滴血甚至浸染了她黑色手套上的玫瑰花……

在朋友引介下，畢卡索用法語與朵拉交談，因爲他以爲她是個法國人，她卻以畢卡索的母語西班牙文回應。實際上，朵拉的父親是克羅埃西亞人，因爲父親工作的緣故，舉家遷往阿根廷，直到二十歲左右，她才回母親的祖國法國，在曼．雷的指導下成爲一位攝影師。

銳利的小刀、割傷的手指與染血的手套，帶著戀物及自虐的偏狹，恍若超現實的靜物速寫的組合元素，早已捕捉畢卡索的思緒。帶有危險的性，對畢卡索而言就是致命吸引，他向朵拉要了手套，並將它鎖進象徵戰利品的展示櫃內。

這一年，朵拉二十九歲，畢卡索五十四歲。

在這次相遇後，畢卡索開始與朵拉密會，也開始描繪他眼中的女子，《正常與偏執》緊接著描述：

「在每段感情開始時，畢卡索作品中的戀人，都是被美化的形象，色彩也很柔美，當愛情過了賞味期限後，戀人形象就變得嚴厲、刻板；愛情的盡頭則化成畸形，帶有強烈諷刺，玉石俱焚的表現主義……並不是畢卡索就著某種程序，取悅新情人，征服她，最後摧毀她，而是因爲忠於自己的藝術原則。他先尋找彼此最出色的所在，發現並挖掘其中深層的未知……直到完成後，再一手摧毀她，以便解放自我，去尋找下一個新的目標。」

熱戀期的畢卡索，以愛與夢的色彩，優雅地捕捉情人充滿愛戀的凝視，與遠逝的青春。

只可惜，這段如膠似漆的美好並沒有持續太久。幾年後，六十二歲的畢卡索愛上高眺美麗，二十二歲的法蘭西絲·吉洛（Francoise Gilot），不但同居，還生了兩個孩子。而朵拉只能沉默、隱忍、不吵鬧，用耐心，守候一個變心的男人。

不管是誰，在如此的情境下也會哭泣吧！

「愛情，在女人的哭泣中粉身碎骨。」畢卡索化身爲在驕陽下拿著放大鏡，追逐螞蟻的惡童，病態、饒富興味地凝視朵拉的痛苦。

曾經知性迷人的朵拉，因爲畢卡索的不忠而痛苦，兩人情感的衝突角力，從現實生活躍上畫布。「維持我們的一切，正以無法回頭的方式分崩離析。」心碎

朵拉·瑪爾的肖像（Portrait of Dora Maar,1937）／畢卡索

的朵拉道出與畢卡索漸行漸遠的矛盾，而畢卡索透過油彩對她施以粗野蠻橫的報復，朵拉為自己應得的尊重而掙扎，畢卡索則以殘酷回應。

失去與挽回的力量衝突，正是這幅畫給我們的震撼。一九四六年，隨著兩人關係的決裂，朵拉也從畢卡索的畫布上消失了。又過了幾年，兩人在左岸的花神咖啡館（Café de Flore）不期而遇，朵拉告訴畢卡索：「你從來沒有愛過生活中的任何人，你也不懂如何去愛。」

或許，在愛情裡沒有誰對誰錯，只有誰不愛誰了。但正因為他的「不愛」，才能對妳為所欲為、予取予求，與其在一段不屬於妳的關係中委曲求全，不如，學會放手。

愛情中，女人總是比男人勇敢，不要因為他的怯懦而為難自己。放開吧，即使心痛。面對眼前的傷心，就先盡情流淚，盡情哭泣。

然後，妳會更好。

哭泣的女人和手帕（Crying woman with a tissue(III), 1937）

畢卡索

金色的秋天（Golden Autumn, 1895）／列維坦

Chapter

5

而那逝去的，也終將美麗

列維坦（Isaac Levitan），
走過死蔭之谷，將所有痛楚化成甘美

樺樹林（Birch Grove, 1889）／列維坦

妳也凝視著相同的天空嗎？

妳告訴我，離開學校，畢業以後，生活就一直在迷惘、飄忽、落寞與失意中度過。上班、下班、月初、年底，出社會前的壯志雄心不知道去了哪裡，公式化的規律作息，消磨了所剩無幾的浪漫，日復一日的汲汲營營，讓妳過著一種無悲無喜，無神無主的無味人生。看似充實的忙碌奔波，實際上，早已失去了重量與方向。

停停走走的愛情，承諾就像在風中無從成形的雲霧般，飄散未定，去去留留的工作與生活，信任是日薄西山時向遠方消褪的殘影，無足輕重。

那天，妳走到空曠的地方，抬起頭來，像是新生兒睜開眼一樣，看見天空變幻的雲彩，好開心！好興奮！一種「原來你還在」「原來你一直都在」的感動在心湖盪漾。不過，看著看著，不知道為何悲從中來，眼眶泛著止也止不住的淚水，說不上來，是歡喜？還是感傷？

不知不覺，在空曠中站了許久，直到最後一道霞光在眼底消失，才肯離去。

生活對妳而言，像是一條不知道終點落在何處的漫漫長路，即使，戴月披星地認眞跋涉，卻怎樣也抵擋不了，內心欲振乏力的厭世絕望。

讀完妳的訊息，我也抬起頭來，看著暮色初上的天空，酒紅、暗紫與深靛，逐漸被幽遠的黑所呑沒，妳也凝視著相同的夜空嗎？

對現代人來說，天空像是隨處可見的超級市場，是某種可有可無的存在，我們在不經意的偶然中仰望天空，但下一秒鐘，又把目光回到地表，將關注留給現實。

但總有那些人哪！會將視線投向深邃的蔚藍，投向閃動的殘霞。用獨一無二的方式，引領世人以全新的眼光，凝視所謂理所當然的存在。然後在習以爲常的平凡中，看見崇高的美。

看著天空，我想，妳一定會愛上，這位來自北方的藝術家。

跡近永恆的寧靜

一八六〇年出生於立陶宛中產階級家庭的列維坦，是全俄羅斯人民的光榮與驕傲。在創作精神上，他承接了法國古典主義富有人間性、牧歌式的風景畫傳統，以及巴比松畫派筆下浪漫詩意的抒情筆觸，不同的是，列維坦在文化與精神上，卻是不折不扣的俄羅斯。他的繪畫同樣浪漫詩意，卻更滿溢著雄渾悲壯。每當我欣賞列維坦的畫，腦海中總盪漾著普希金的詩：

我曾經愛過妳：或許，這份愛
在我心中尚未完全寂滅

然而，願它不再驚擾妳的安寧
我不想任何事徒增妳的傷悲
我愛過妳，默默地未敢奢求
羞怯與妒嫉，交替折磨我的心
我愛過妳，如此地眞誠溫柔
願上帝保佑，他像我，如此地愛妳。

這首〈我曾經愛過妳〉也是列維坦的心頭愛，浪漫多情的他，想必也有顆善感的心。一八九二年所完成的〈晚鐘〉，似乎就是普希金情詩的倒影。

遠方的鐘聲迴盪在金黃的暮色之中，象徵思念的雲彩緩緩散去，斜映在河水中的天光，是長日將盡前的依戀徘徊。不用爭辯，也無須解釋，所有的歡笑與淚水，都在無語中，輕輕放下。

面對列維坦，好希望，這份跡近永恆的寧靜能爲我佇留。只怕一聲嘆息，這美好的片刻就雲散煙消。

在列維坦筆下，我們幾乎感受不到畫家在現實生活中的苦：無依的童年、貧困的青春、艱澀的愛情、重度憂鬱與自殺未遂。走過死蔭之谷的藝術家，用所有的痛楚化成甘美，就像

晚鐘（Evening Bells, 1892）／列維坦

普希金另一首詩：

假如生命欺騙了你，不要悲傷，不要憤慨
不順心時，暫且克制自己
要相信，快樂的日子就會到來
我們的心，憧憬著未來
儘管眼前的所有讓人沮喪
轉瞬間，一切都會消逝
而那逝去的，也終將美麗。

永恆的寧靜之上

張愛玲說：「生命是一襲華美的袍，上面爬滿了蚤子。」話說得如此絕，但張愛玲還是肯定人生的，即使是陷於崩壞與苦痛中，也是肯定的。列維坦筆下的清晰明朗，讓我們倘佯於幸福安詳中，但並非每個角落都有陽光。就像你我的人生一樣，陽光抵達不了的所在，就有煩惱、不安與怨懟。

根據列維坦的好朋友，也是俄羅斯短篇小說之王契訶夫的說法：「列維坦特別喜愛民間曲調哀傷的歌謠，會一邊作畫，一邊哼著小調。經常哼著哼著，就畫出黯淡欲雨的陰霾，或是枯黃愁慘的荒野……」正是如此，或明或暗，列維坦的天空像是用嘶啞的哭嗓，在大地深處以小調的鼻音，唱出人們祕而不宣的傷心事。

一八九四年，列維坦交出〈永恆的寧靜之上〉，不過，大眾所熟悉的，是另一個更通俗的名稱〈墓地上的天空〉。這幅畫，讓他的藝術成就攀上顛峰。傳說，畫家完成這幅作品後，寫信告訴好友契訶夫：「它是整個我。我全部的生命、所有的內涵，都灌注進這張繪畫作品之中。」

曾經有藝評家這麼說：「列維坦將『人與自然』的關係，竭盡所能地譜成雄渾宏偉的命

弗拉基米爾路（The Vladimirka Road, 1892）／列維坦

運交響曲，闡述在莊嚴強大的自然力下，渺小無助的人們苟且偷生的悲劇。畫家在創作的風景畫裡，融入個人信仰及宇宙觀，如同契訶夫的《草原》或托爾斯泰的《安娜·卡列尼娜》所披露的母題：生命的絕望、孤獨的蒼涼、無常的輪迴，以及『天地不仁，以萬物為芻狗』的冷漠……當你獨自一人凝望大自然時，它會以無垠的沉默重壓你的心靈……原來，生命的本質，竟是如此驚駭，如此絕望。」

列維坦的生命，有很長一段時間徘徊在陰暗與冰冷之中，歷經生活磨難的他，卻始終相信：意識到生命虛無的人，其實比任何人更渴望「真誠地」活下去。

在列維坦的穹蒼之下，世界變成一口深不可測的井，我們坐在井底，在被遮蔽的天空中，找尋帶來希望的太陽、能撫慰情緒的月光，或者是，指引方向的星星。

透過濃烈的油彩，列維坦創造出一個既輕盈，也沉重的繪畫空間。在墓地與天空間，是任何人事物都無法填補的虛空，第一眼，我們就被拉進失重的虛空之中，成為流離迷航的孤獨靈魂。另一方面，妳會突然發現自己，仍深深地扎根在生活的神祕與荒誕裡。

悲觀的靈魂，在列維坦的畫作中飛昇。

樂觀的心靈，在列維坦的藝術裡找到篤定。

下次，當妳仰望天空時，除了憶起列維坦筆下的安寧與恬靜，或許，也可以為自己找到一份立命安身的自在。

永恆的寧靜之上（Above the Eternal Tranguility, 1894）／列維坦

Chapter

6

致，飄忽在苦惱裡的靈魂們

米雷（John Everett Millais），
完美結合文學與繪畫、唯美與死亡

生命的結束，有它獨特的文法及詞彙

妳告訴我一件可怕的事，發生在認識的人身上。

「他是個樂觀的孩子，很年輕。」一場交通意外，就奪走他可能擁有的未來。「原來青春，是那麼地脆弱。」

沉默中，我們一起哀悼早殞的青春。傷逝的悲痛，在華燈初上的夜色中蔓延。來不及長大，來不及讀大學，來不及戀愛，來不及遠走他鄉，來不及……無論是現實還是虛構，悲劇總會讓我佇足停留，聽著妳的述說，我想到席勒，想到蕭邦，想起莎士比亞的《哈姆雷特》，想起那位同樣在風華正茂就香消玉殞的奧菲莉亞。

小河畔，斜長著一株楊柳，它隨波擺盪的枝葉倒映在流水裡。她走過來，手上拿著毛茛、蕁麻與雛菊所編織的花冠。正當奧菲莉亞想把花冠掛在楊柳細枝上時，不小心墜入了小河……她像一條人魚，漂浮在水面上，輕聲哼著祈禱的歌謠，完全不知道自己的處境……不知不覺中，浸泡在河中的袍子愈來愈重，可憐的奧菲莉亞，像是奉獻的羔羊一般，曲子還沒結束，她就沉到河底的汙泥中，再也沒有任何的聲音……

莎士比亞透過哈姆雷特的母親，以近乎無情的冷漠，轉述奧菲莉亞的死亡。

奧菲莉亞（Ophelia, 1851-1852）／米雷

米雷的〈奧菲莉亞〉描繪出早逝的哀矜，芳華青春，在林間不知名的小溪載浮載沉。她攤開雙手，與十字架上耶穌的形象契合，讓自己，成爲愛情與宿命的殉道者。畫面最左側，象徵圓滿愛情與善良的小知更鳥，並沒有意會到，眼前正在進行的悲劇。

畫家在奧菲莉亞的身旁撒下了許多花，他們各自擁有不同的寓意：在意味「被遺棄的愛」的楊柳下，白色的雛菊與紫羅蘭是奧菲莉亞純潔、忠貞、無私奉獻的象徵，同時也告訴觀眾，她一直活在不切實際的幻想中。

同樣是淡紫色的毛茛，控訴著哈姆雷特的薄情與忘恩負義。粉紅色的蕁麻，則講述著奧菲莉亞遭受到殘忍的對待。失去呼吸的她，右手仍握著艾草（無法療癒的痛苦）、茴香（欺騙）、三色堇（不要忘記我）與迷迭香（思念與記憶）。不成束的花、斷裂的頭冠，所有的一切，都指向命運的不仁。

最後，紅色的虞美人點出了〈奧菲莉亞〉的主題：死亡，與痛徹心扉的告別。

生命結束的場景與方式有它獨特的文法及詞彙，了解死亡的語意學，就能看見我們的生命困境。

當夢與現實相遇

一九二〇年一月二十五日，莫迪里安尼（Amedeo Modigliani）的繆思女神，悲傷的珍妮．赫布特尼（Jeanne Hébuterne）從五樓公寓的窗戶一躍而下，結束她和腹中嬰兒的生命，像神話時代的伊卡魯斯，脆弱生命與堅硬現實發生嚴重矛盾，當夢與現實相遇，結局是悲劇性的粉身碎骨。

同樣的，我們沒有辦法想像百年戰爭中的貞德，或反抗教廷威權的思想家喬達諾．布魯諾（Giordano Bruno）在刑場身首異處。他們的存在本來就是吶喊，是荒野中的一股訊號，但他們的殉難可以喚醒更多人的良知。他們在火刑柱上燃燒，化成燎原的篝火，化成指示方向的燈塔。讓死亡化成黑暗中恆定的星火，引導我們走向他們的道路。

舉槍自盡的梵谷、德國橋派的繪畫大師克爾希納（Ernst Ludwig Kirchner）與作曲家齊默爾曼（Bernd Alois Zimmermann），他們必須要握著自己的偏執，以異於常人的決心，才能扣下扳機。同樣的執著，我們也能從〈麥田群鴉〉和〈柏林街頭〉感受創作者強烈的自我。

所以，詹姆斯．狄恩與保羅．沃克必須在馳騁狂飆中劃下句點，高速運轉、奔馳的青春，成爲我們對他們永恆的記憶。

柏林街頭（Street, Berlin, 1913）

/ 克爾希納

水是終結一切的元素

莎士比亞則選擇用水來結束奧菲莉亞的生命，因為她沉溺於幻想、沉溺於情愛、沉溺在不可自拔的絕望中，沉溺在滿溢的自我裡頭。屈原、王國維、吳爾芙（Virginia Woolf），都在迷惘與憂鬱中窒息，走向終點。「對於飄忽在苦惱裡的靈魂來說，水是終結一切的元素。」昆德拉在《生活在他方》如此說道。

完美結合文學與繪畫、唯美與死亡，米雷的〈奧菲莉亞〉從誕生的那一刻開始，就受到世人的注目與喜愛。

約莫在一八五一年的春季，米雷開始構思主題，除了每天閱讀《哈姆雷特》外，前後更投注了將近六個月的時間，每週六天，每天十小時左右，反覆描繪奧菲莉亞以外的自然風景。一草一木，一泉一石，都是畫家描摹的重點，目的不是追求畫得好不好，像不像，而是要捕捉，自然不息的生命能量。

到了十二月，畫家著手繪製人像，也就是水中漂浮的奧菲莉亞。模特兒是當年才十九歲，小名「麗茲」的伊莉莎白．希達（Elizabeth Siddal）。修長的身材比例，出衆的優雅氣質，讓她成為拉斐爾前派畫家們最鍾情的繆思女神。

米雷為了忠實重現悲劇場景，特別在家中浴缸放滿熱水，然後讓麗茲躺在水裡，輕輕地浮在水面上。爲了不讓模特兒受寒，畫家還貼心地在浴缸下，放盞煤油燈替水加溫。然而，忘情作畫的米雷卻忽略火熄滅了，此時，泡在冰冷浴池中的麗茲爲了不打擾畫家創作，好幾個鐘頭都維持漂浮的姿勢不動，因此得了肺炎，差點喪命。她的父親一怒之下告上法院，米雷爲此還賠償了一筆錢。

看著〈奧菲莉亞〉，我想著發生在年輕生命的悲劇，想著正在哀悼青春的妳。

生命很美好，死亡很可怕，尤其是提早離開的生命，更讓我們不捨。因此我們更該樂觀看待自己所擁有的生命。

我要和妳分享一段有意思的文字，出自於美國作家馮內果（Kurt Vonnegut）的小說《貓的搖籃》（*Cat's Cradle*）：

God made mud.

上帝創造泥土

God got lonesome.

上帝覺得寂寞

So God said to some of the mud, "Sit up!"

於是，上帝對部分的泥土說：「起來！」

"See all I've made," said God, "the hills, the sea, the sky, the stars."

「看看我創造的一切，」上帝說：「山丘、大海、天空、星辰。」

And I was some of the mud that got to sit up and look around.

我就是其中一團得以起身環顧四周的泥土

Lucky me, lucky mud.

我是多麼幸運的泥土啊！

I, mud, sat up and saw what a nice job God had done.

我，這團泥土，坐起身來，看見上帝美好的創造

Nice going, God.

老天爺！做得眞好！

Nobody but you could have done it, God! I certainly couldn't have.

除了祢，上帝，沒人做得到，至少我就做不出來

I feel very unimportant compared to You.

相較之下，我是多麼地微不足道

The only way I can feel the least bit important is to think of all the mud that didn't even get to sit up and look around.

唯一能讓我覺得自己多少有點價值的，是想想那些沒機會坐起身來的泥土

I got so much, and most mud got so little.

我得到許多，而大部分的泥土卻只有那麼少

Thank you for the honor!

感謝祢的榮耀

Now mud lies down again and goes to sleep.

現在，這團泥土再度躺下沉睡了

What memories for mud to have!

泥土能擁有回憶

What interesting other kinds of sitting-up mud I met!

我曾經邂逅的泥土，是多麼地有意思

I loved everything I saw!

我熱愛我所見到的一切

我們活著，熱愛所看見的世界。至少現在，當夜幕降臨時，我們還能迎接星空，等待黎明，擁抱明天的到來。

貝亞特・比阿特麗克斯（Beata Beatrix, 1864-1870）

／但丁

或許，當妳我意識到，還能擁有這份微不足道的期待時，生命，就依然充滿希望。

做鬼臉（Tête grimaçante）／法蘭茲．澤維爾．梅塞施密特

Chapter

7

面具下，赤裸敏感的自我

法蘭茲．澤維爾．梅塞施密特（Franz Xaver Messerschmidt），
摘下溫良恭儉讓的面具，隻手推開超現實主義的大門

馬不停蹄後的心力交瘁

不知道怎麼了，這天諸事不順。

一早起來，咖啡機無預警罷工，用一杯好咖啡帶出一天好心情的期待落空了。在巷口，爲了閃躲奔跑的小學生，一腳踩在浮動的人行道紅磚，濺了一身泥水。平日準時的公車，提早開走了。怎麼刷也刷不過的門禁卡，上司客戶同事的抱怨一堆……好不容易處理完所有的事，八點鐘，急急忙忙換上爲了今天精心準備的小洋裝，走上魑魅魍魎、百鬼夜行的東區街頭。

殺人魔與超級英雄在捷運上比肩而坐，退流行的艾莎女王和蝙蝠俠在後面聊天，再過去些，是一群從《陰屍路》出走的殭屍在話家常。搖晃的車廂，超現實的場景，讓妳微微地暈眩，突然間，發現自己是車廂裡唯一沒有面具的過客，真誠地面對世界，原來是這麼不合時宜。

十多分鐘後，終於來到了小酒吧，原以爲，一杯長島冰茶，一大群叫囂的朋友與陌生人，萬聖節就會好過一些，但妳知道，事情不會那麼簡單。

坐在燈光照不到的邊桌，才能稍稍平復內心那格格不入的衝突感，不太想說話，但面對前來搭訕的陌生人一樣優雅地拒絕，保持禮貌。

瑪麗亞．泰瑞莎女王銅像（Kaiserin Maria Theresia im Ungar.Krönungsornat, 1766）／

法蘭茲．澤維爾．梅塞施密特

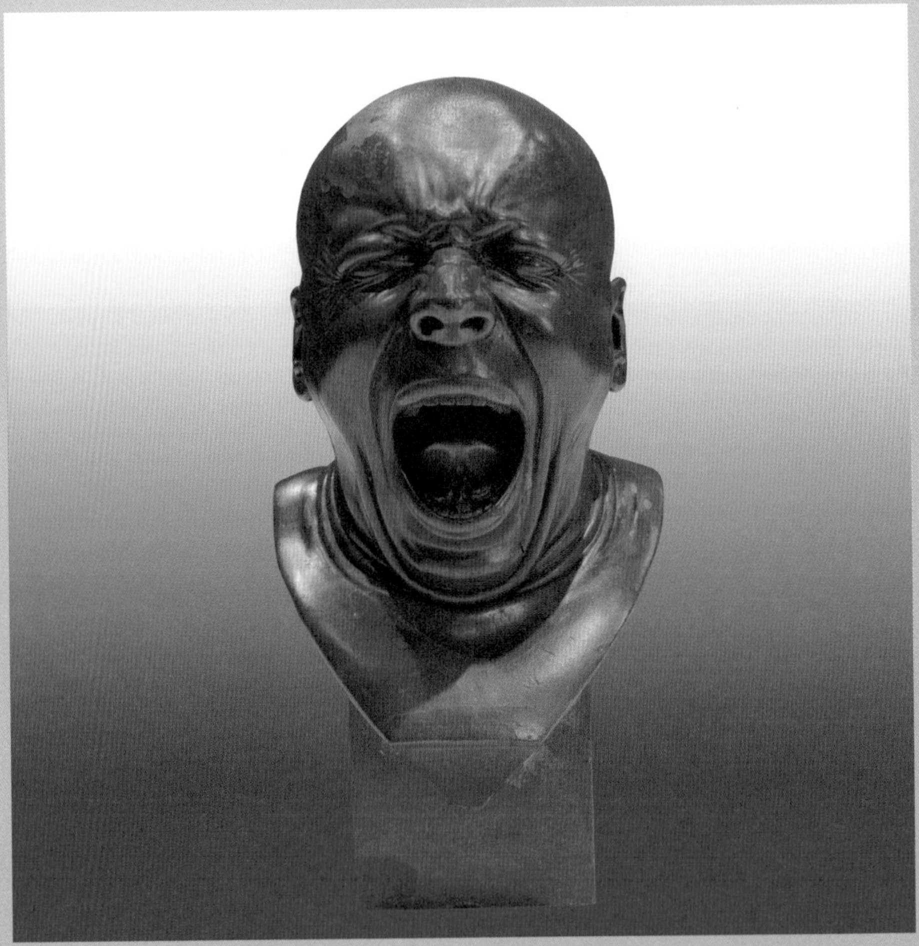

打呵欠（The Yawning, 1771-1781）／法蘭茲・澤維爾・梅塞施密特

回到家後，妳打開手機，檢視不久之前的狂歡。

在不想讓大家掃興，故作開心的笑容底下，是顯而易見的倦怠與如影隨形的失落……即使是功能強大的美顏軟體，也遮掩不了馬不停蹄後的心力交瘁。

好後悔，沒先去買張面具，小丑女也好，鬼修女也罷，就算是醫療等級的N95也沒關係，只要能遮住臉，遮住一顆不想再繼續討好別人的心，遮住赤裸裸的孤獨，只要能遮住，什麼都好。

面具戴得太久，忘了原來的自己

「面具是你我選擇的屬性、接受的角色、另一個自己。」心理學家卡爾．榮格進一步解釋，在不同的社交場合，我們會表現出不同的形象，戴上不同的人格面具（Persona），面具之所以存在，是因爲我們隱藏、壓抑或約束本性的結果。因此，面具並不只有一張，所謂的「人格」，其實就是個人擁有面具的總和。

無論外在還是內在，面具的功能就是遮掩、隔離、拒絕或迴避。戴上面具，一方面小心翼翼地安頓自己的敏感，不讓外面的世界傷害。另一方面，面具也幫助我們隱藏焦慮與脆弱，假裝不是自己，繼續活在表面安全，理所當然的現實中。

德文中有個特別的字彙：Maskenfreiheit，意指「面具賦予自由」或「戴上面具後所帶來的行動自由」。擦去自己臉孔的同時，也抹煞掉，原本生活中伴隨的責任與義務，讓我們有機會去實現，未曾嘗試的冒險。

妳問我，因爲不想傷害別人或擺脫規範、追求自由，所以我們選擇戴上面具。但是，有可能一直戴著嗎？戴上面具與摘下面具的兩個自己，有和平共處的可能嗎？有沒有可能，因爲面具戴得太久而忘了，原來的自己是什麼模樣？

我在維也納的貝德維爾宮（Schloss Belvedere），看到另一種人性的可能。

看見內在的真實

一七五五年，一位來自於德國西南部的鄉下小子，進入維也納藝術學院學習雕塑。畢業後，他以精湛手藝爲哈布斯堡家族服務，爲皇室成員製作許多知性優雅又大氣恢宏的人物塑像。維也納市中心藝術史博物館前，廣場上雍容華貴的瑪麗亞·泰瑞莎女王銅像，就是他的手筆。法蘭茲·澤維爾·梅塞施密特在短短幾年，迅速成爲奧地利最重要的宮廷藝術家。

但是，眞正的藝術家總能穿透皮相，看見隱藏在冠冕堂皇後的虛弱。對於梅

人物頭像三（Charakter kopf 03）／

法蘭茲·澤維爾·梅塞施密特 ©Source by DALIBRI

塞施密特來說，爲皇室製作歌功頌德的人像雖然有不錯的報酬，但那不是眞實的自己。「我想做的，和現在不一樣！」一七七〇年開始，他著手創作一系列稱之爲「個性」的頭像作品。

梅塞施密特對於人的表情異常癡迷。他在皮相的情緒表現之外，窺見某種超自然的神祕，跳脫理性界限的顚狂。藝術家展現個人對解剖學的理解，竭盡所能地將肌肉的強度拉到最大，讓臉部的皺紋、線條從溝渠化爲深谷，讓高山流水般的情緒能量在山谷中滙流、增幅，最後聚焦在頭像的正中央。無論是憤怒、嫉妒、悲傷、驚訝，都以最

煩惱的人（The Vexed Man, 1771–1783）／法蘭茲・澤維爾・梅塞施密特

強烈的方式呈現。

梅塞施密特認爲「當代」的藝術都太聰明、太理所當然，身而爲人的本質都被邏輯思維所壓抑。藝術家要讓人看見內在的眞實，就必須超越美、理性、道德的範疇。梅塞施密特所生活的時代，思想上，是注重秩序與實證的啓蒙運動時期；藝術風格上，則是富麗的巴洛克與均衡嚴謹的新古典風格。梅塞施密特摘下溫良恭儉讓的好孩子面具，走出他處身時代的限制，隻手推開了超現實主義的大門。

在〈煩惱的人〉，藝術家以扭曲的線條，表現內心的不快與厭惡。

「理想有多崇高，現實就有多陡峭。」誇張的拱眉與空白的瞳孔，刻意模仿小丑面具的詼諧，光頭的〈強者〉即使是故作鎭定的堅強，我們也看見了不屈的自由意志。

極度誇張的表情線條底下，是不被理解的孤寂

當我愈深入去觀看這些作品，就愈能進入藝術家的內心。在極度誇張的表情線條底下，有不被世界接受、理解的孤寂感受。既想跨出自我設限的籠牢與人接觸，但又以非正常呈現的情緒反應，拒絕禮教、自我節制的文明社會。每張臉孔看起來都強悍，帶著坦蕩的磊落，同時也流露出無法自矜的哀傷。

妳會發現有許多表情出自於同一張臉孔，根據藝術史的研究，他很可能就是梅塞施密特的個人肖像。他相信，人不可能只有一張外顯的臉孔，藝術家的目標，就是捕捉在現實生活中，不斷轉變的自我。更細膩的說法是，用雕塑家的眼與雙手拓下迥異，甚至彼此衝突的人格面具，妳會發現，在每張鮮活的臉孔下，都有個赤裸敏感的自我。只要妳願意摘下面具，願意向自己坦承欲望、失敗及痛楚。

自我披露就是寂寞的解方。

聽說，演藝圈或公眾人物比一般人更容易被「憂鬱」所擄掠。也許是眞實內在的自我，與人前臺上的人格面具彼此衝突有關。鏡頭前的亮麗光鮮，與獨處時脫下面具的孤獨落寞，反差比火星的日夜溫差更加劇烈。

或許，我們早就習慣戴上面具生活，自我意識裡的陰暗，就好像月球的背面一樣，沒看見就不存在。學習與自己的幽微相處，或許某天，也可以拿掉社會化的人格面具，誠實勇敢做自己。

人物頭像：濃重的氣味（Character Study: Strong Smell, 1770-1781）／法蘭茲・澤維爾・梅塞施密特

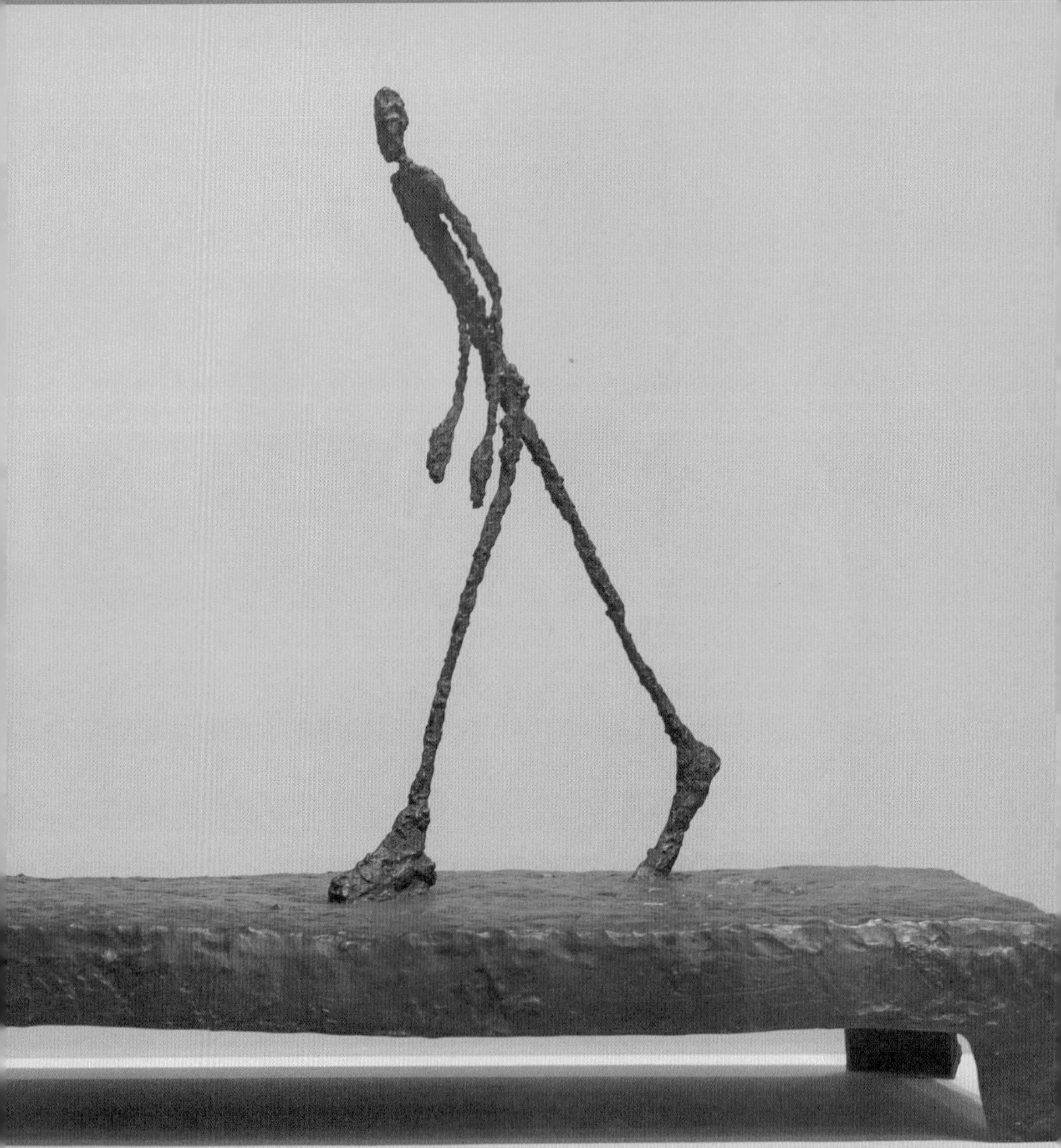

Chapter

8

努力去學習孤獨，也是一種，對自己的好

傑克梅第（Alberto Giacometti），

他的苦澀令人難以接近，他的孤寂卻令人難以抗拒

看清楚渺小與單薄，生命另有一番柳暗花明

常常搭大衆運輸工具通勤的你，或許也有差不多的經驗。

行進中的車廂擠滿了人。差不多的時間、差不多的臉孔、差不多的兵荒馬亂、差不多的百無聊賴。就在當下，突如其來的急煞車，或是太衝太用力的啟動，站在旁邊的人一個重心不穩跌了過來，也許是高跟鞋或皮鞋，就這樣直挺挺地踩下去，一時之間，你痛得說不出話來。令人惱怒的是，踩的人卻連一句「對不起」也沒有，莫名其妙地，一整天的心情，就從這裡開始不順。

明明知道對方不是故意的，卻怎樣也嚥不下這口氣，滿腹不快無處發洩，開始對自己生悶氣。是因爲自己不敢大聲說出「你踩到我的腳」而生氣嗎？或是因爲那個人「我也是受害者」的無辜表情而生氣？抑或是，單純地對世界不滿？

原來，我們以爲的自由意志竟是如此脆弱、不堪一擊。一位無心之人的無心之過，就足以折騰你我許久。在虛胖的自尊背後，原來，我們以爲的不屈，也只是色厲內荏的乖張罷了。

但是，當我們看清楚自己的渺小與單薄時，生命另有一番柳暗花明。

「不要浪費時間在事物堆積起來的詮釋，尤其不要花時間在質疑事物的眞實與否。」哲學家胡塞爾曾經提出這有意思的見解：「先別管這些人事物究竟如何，盡可能去描述它。」

三個走路的人

（Three Men Walking II, 1949）／傑克梅第

根據他的說法：「生命的眞相就在於眞實的描述被看見。」

是不是，盡可能地去描摹人的「存在」，就能明白人的「眞實」是什麼呢？

於存在主義的虛無中落地生根

存在主義藝術大師傑克梅第相信，人在「現實」之中的「眞實」，是孤獨、單薄、顫抖且支離破碎的。

走過強烈表達自我感受的後印象派，走過注重純粹造形表現的野獸派，走過企圖從新意義征服空間與時間的立體主義，走過以非理性拼貼幻想及夢境的超現實，走過二十世紀最顚覆動盪的歲月，傑克梅第的藝術，最後於存在主義的虛無中落地生根。

就某些觀點來看，存在主義是一套「遠離」與「反抗」的哲學。

千年以來，哲學家嘗試解釋世界萬事萬物「基本」的問題。但面對「我爲什麼活著？」「我活著的目的是什麼？」「爲什麼我總是感到困惑不安？」「我和世界的關係如何？」「如何在群體中定義我是誰？」這一切與「我」有密切關聯的問題，傳統哲學卻提不出一套讓人心悅誠服的說法，尤其在兩次世界大戰之後，人們開始認眞思考：「原來活著，也不是那麼理所當然。」

是啊！絕大多數人在絕大部分時候，都不會認眞思索「我爲何而活」的意義，活著就只是單純生活著而已。人沒有自殺而繼續活著，正是因爲他們對「活著」這件事沒有懷疑，所以當被質問「你爲何而活」的時候，我們總會用點力，找些藉口對自己、對別人交代。

「我爲家人而活！」假使有一天家人都消失了，你會因此活不下去嗎？

「沒有自由我活不下去！」如果某天沒了自由，你會自殺嗎？

「我爲了愛情而活！」實際上，我們都見識過這些紅男綠女，身邊的伴侶換了又換，絲毫沒有活不下去的跡象。

「我爲旅行而活！」「我活著是因爲懷抱希望！」仔細想想，這些看似斬釘截鐵，實際上卻空洞貧乏的理由，眞的禁得起邏輯的推敲、現實的考驗嗎？

「人活著，就是某種無意義的存在。在無意義的現實中找尋意義，本身就是件無意義的事。」這是存在主義的基本假設，也是傑克梅第的藝術理念。即使在他的自述或寫作中，並沒有直接對「存在主義」提出辯證、敘述或解釋，但他的藝術創作對世界抱持著困惑、不安，空虛與荒謬的感受，本身就是存在主義眞誠的象徵。

世界上無依無靠的最後一人

馬車（The Chariot, 1950）／傑克梅第

一九四二年仲夏夜，傑克梅第坐在巴黎街頭的咖啡座，看著聖米歇爾大道的人來人往，當他試著在視網膜底層捕捉遠方的人影，傑克梅第發現，雖然可以看見「人」清晰的存在，但臉孔、個性及身分消失了，只剩下一個漂浮、顫動、孤獨的身影，對應著世界巨大空洞的黑暗。深受震撼的藝術家，苦思幾個星期後，回到家鄉瑞士馬洛亞，他以最快的速度完成〈馬車〉，雖然只是一尊小尺寸的直立塑像，但刻意拉長的肢體、欲言又止的姿態、失去眼耳口鼻的五官、強烈的孤獨感展現出「人」在世界裡格格不入的扭曲感受，迅速成為傑克梅第識別度最高的藝術語彙。

又過了許多年，傑克梅第透過雙手反覆琢磨人間的孤寂，他的每一件作品，似乎都是最後一次創作，而他是世界上無依無靠的最後一人。

其中給人感觸最深的，就是〈行走的人〉，曖昧模糊的輪廓，粗礪割手的質感，他的苦澀令人難以接近，他的孤寂卻令人難以抗拒，站在乾枯纖弱的身形前，內心彷彿被一股強大的虛無包圍、被強烈的孤寂撕裂。一個人，究竟要累積多少落寞失意、經歷多少憂患滄桑、背負多少悲慟哀矜，才會消磨成如此模樣？

孟克透過聲嘶力竭的〈吶喊〉，將內心的鬱憤宣洩出來。但傑克梅第卻把所有的苦悶深藏在心中，沒有嚎啕，沒有嘆息，不需要向世界解釋，世界也無須討好我，沉默木然是承受不公不義，捍衛自我尊嚴的最終防線，唯一能做的，就是提起腳步，繼續向前。

關於生命的眞相，《查拉圖斯特拉如是說》有段文字這麼寫著：「一切都相同，一切都是徒勞。」尼采的結論是：「世界毫無意義。」我們總在跌跌撞撞中找尋生命的價值與意義，但眼前的路分歧交錯，誰能告訴我哪條路是正確的？而什麼樣的人生才有意義呢？當我們與世界話不投機，最終，也只能選擇沉默，也只能沉默。

〈行走的人〉在前進的動態中，帶有薛西佛斯式的悲涼，一種「明知不可爲而爲之」的壯烈。過去的我們，知道自己是誰，從何而來，爲何而走。但成年的我們，卻開始遺忘，開始不確定，開始迷惘，我們不知道往前去向何方？也不曉得終點落在何處？但別無選擇的你我，唯一還能做的，是靜下心，傾聽自己的聲音，凝聚每一分微小的能量，邁步向前，繼續尋找生命的出路，完成自己。

沙特說過：「『他人』就是地獄，太在乎世界的結果，就是墜入自怨自艾的無間地獄。保持自己的孤獨，也就能維持自己的獨特性，穿越人世的荒涼。」悲觀的傑克梅第在清楚看見生命的脆弱與虛假後，將所有的負面消極，化爲不斷向前的意志，只有繼續行走，生命才有意義，過去所有的努力才有價值。

努力去學習孤獨，也是一種，對自己的好。

行走的人（L'homme qui marche I, 1960）

／傑克梅第

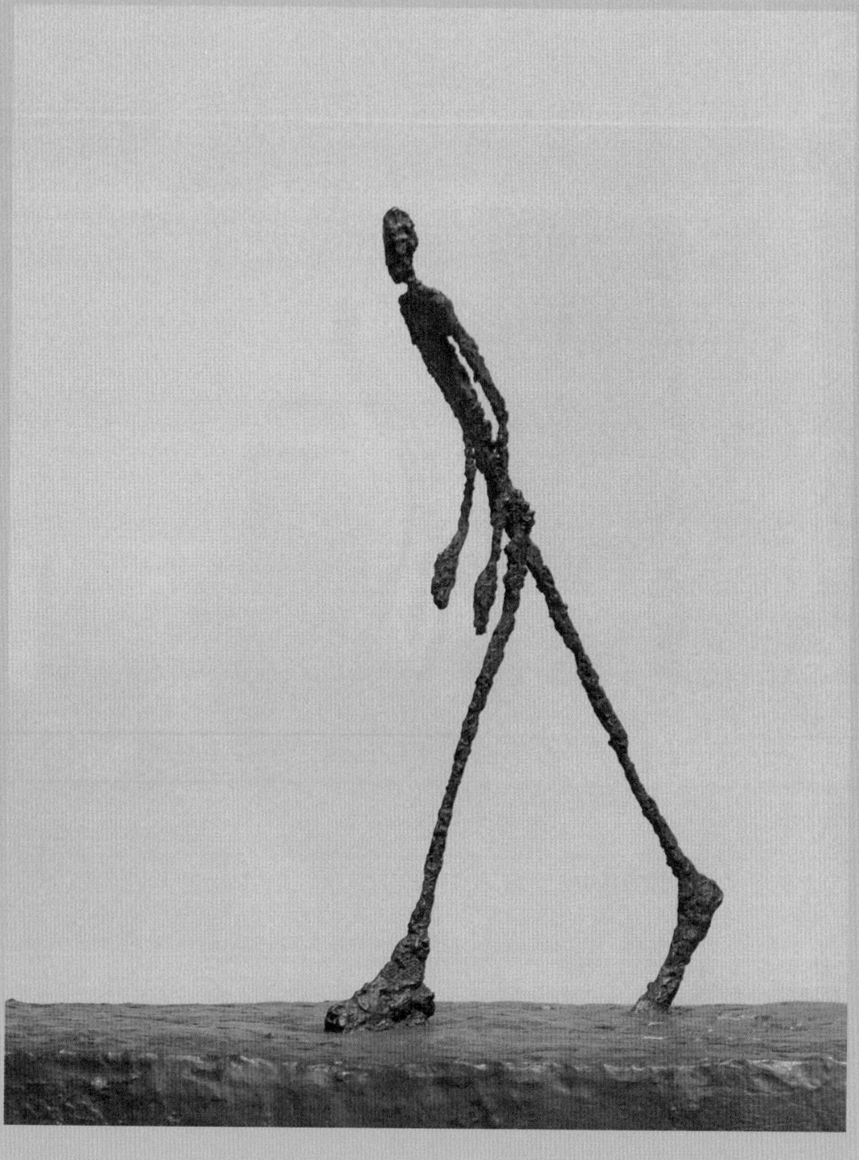

第三部

旅途中的靈犀交會

寂寞博物館

Chapter

1

看見生命真實的顏色

醍醐（1972〔昭和 47〕）／奥村土牛／紙本・彩色／山種美術館

奧村土牛，拆除屹立於畫室與現實生活間高牆的藝術家

即使是謝幕，也要跌宕磊落

春日遲遲，乍暖還寒的節分，有陽光的日子，是淡淡的歡喜，陰雨纏綿的時候，有淺淺的悵惘。每當我被滿城的春意鬧得心煩意亂的時候，就會拋下書本，離開家門，拜訪季節的詩情。

總是從半藏門線的半藏門站出發，跟著人群，尋找春天最後的消息。前方就是東京皇居西北側的千鳥之淵，打從江戶時代開始，一直都是熱門的賞櫻勝地。

行經城東的大街小巷，踩著粉彩繽紛，心情隨著在風中姿曳的櫻花，一路迢遙迤邐，竟覺得咫尺之間，望斷天涯。但不論歡喜傷悲，路上的飄搖風雨都任它自去，像是來不及發生的故事，走過也就完了，千般思緒都留待身後，不必執著，也無須縈懷。

每一次走過櫻花步道，就像戀過一回般，曾有的千迴百折，都是隨生隨滅的心情，恰似沾衣欲溼的春雨，短暫易逝，不留痕跡。

披掛綠葉時，有武士的英姿；承襲紅花時，則有貴婦的豔色，不同的季節就有不同的風情。櫻木總是先褪盡殘冬的舊葉，才孕育出新春的蓓蕾，沒有任何遲疑難捨，無所謂回顧留戀。即使是在葉已落盡，花仍未著時，一無所有的枝椏也擁有它從容的生命氣質：一種對生命絕對的自信。

在過去一切都衰頹零落，在未來還來不及發芽茁壯之際，櫻木仍憑著它孤零的背脊，昂然佇立，以倨傲的姿態，熱切地擁抱天空。這絕對讓每個對生命充滿熱情的人爲之心折！我常想，在那木質軀幹的深處，必藏有一個安定堅實的心，一縷深刻沉靜的靈魂。

當櫻花盛開時，奪目的粉白、豔紅，會一路熾熱狂烈地燃燒過去，那種愛恨分明的深切，總在一夜之間君臨整座城市。說來就來的率性，含苞待放只是片刻的文靜，也沒有一絲一毫的矜持做作。

即使到了告別的時候，對櫻花而言也是壯闊景色。飄散的櫻華，不是那種自在飛花輕似夢的輕柔凋落，而是如暴風雪般，一大片一大片地吹下來，那是一種夙慧、一種頓悟，是一種淋漓盡致後的自由灑脫。即使是謝幕，也要跌宕磊落。它以美麗而堅決的姿態向過去告別，不肯曲折一點點尊嚴，直到最後都要保持一種純粹自持的絕美。

縱然是從雲端墜入塵泥，櫻花仍舊是一派的氣定神閒。

我站在櫻花樹下，彷彿也歷經了三生三世。青蒼翠鬱的綠葉、沉潛靜默的枯椏到枝頭一襲動人的紅豔，櫻樹愛恨分明的生命歷程，讓人深思，也令人動容。

醍醐（1972〔昭和 47〕）/ 奥村土牛 / 紙本・彩色 / 山種美術館

用線條及色彩說話，看見東洋美術的可能性

以日本畫爲主的山種美術館，是東京首屈一指的特展型博物館，它會依據不同的節令，推出季節感十足的展覽。春暮時分，乍暖還寒的東風也爲博物館捎來春意。其中，花季限定的〈醍醐〉，你一定不能錯過。

以清新、溫暖風格見長的奥村土牛，可說是東洋第一批，拆除屹立於畫室與現實生活間高牆的藝術家。一九一〇年，二十一歲的奥村土牛，無意間看見了刊印在藝術雜誌中，法國藝術家塞尙的〈聖維克多山〉，深受衝擊與感動。當時的東洋藝術界正在思考，如何現代化？如何走自己的路？

一味模仿莫內、雷諾瓦、秀拉固然討喜，但畢竟印象派不是本土原生的藝術風格，接受與否其實都有點爲難。奥村土牛在兼具視覺深度與延展性的塞尙身上，看見東洋美術的可能性，一種超越現實主義觀點的表達方式，用線條及色彩來說話。繪畫不一定要有故事，也不必合理，它可以是一聲嘆息、一縷思念、一份慰藉、一種感動，藝術家可以透過大自然，訴說語言無法完整表達的意念。

聖維克多山（Mont Sainte-Victoire, 1904-1906）／塞尚

記錄鳴門的暴烈與美

土牛的妻子是德島人，因此每次陪太太回娘家時，都要搭船經過一段危險的水道。故事場景，就發生在連接瀨戶內海與太平洋的鳴門海峽。

由於瀨戶內海與太平洋的海底有高低落差，因此在每天漲退潮時，海流會快速地流過鳴門的狹窄水道，產生大大小小的漩渦。大型漩渦的直徑可超過二十公尺，在動力機械尚未普及的年代，光靠風力或人力穿越鳴門海峽，是件有風險的事。

奧村土牛將他對鳴門漩渦的感受，化成洪荒。一九七二年所完成〈鳴門〉，畫家事後回憶道：「我拿著寫生簿，搖搖晃晃地站在船側的甲板上畫畫。好幾次，差點被搖下船，掉進渦潮……我用皮帶將自己綁在護欄，然後畫了幾十張素描草圖。我看見戲劇與詩，在急速旋轉中增逐漸增強。在恐懼與驚嘆中，我記錄鳴門的暴烈與美。」

我喜歡土牛用極少的色彩，就能揮灑出一片汪洋，簡單而純粹。遠方的島影，營造出某種事不關己的冷漠，天地初開的混沌能量，在狂亂的漩渦中湧現。這幅作品具有神奇的魔力，站在〈鳴門〉前，盯著畫中渦潮，你會感覺所有的不愉快都捲進浪花，然後被吸進海底，隨之而來的，是解放後的痛快淋漓。

鳴門（1959〔昭和34〕）／奧村土牛
／紙本・彩色／山種美術館

鳴門游渦／歌川廣重

美是一種靦腆又細緻的邀請

更多的，是難以言喻的美。土牛用想像的筆觸，將最具破壞性的自然能量化成浪漫的詩。十七世紀的神祕主義詩人席勒斯，對於「什麼是美」有獨到見解：「玫瑰，從來不爲什麼。」

玫瑰的芬芳與美，有什麼需要補充的呢？〈戴珍珠耳環的少女〉眼中的純眞，有什麼好解釋的呢？詩人告訴我們，即使我們對這些事物有許多見解，但永遠都不會減損美的神祕。「美是一種靦腆又細緻的邀請」，面對眞實，就能看見美。

奧村土牛的〈醍醐〉，是以京都醍醐寺爲背景的膠彩作品。畫家在奈良參加親友的法會，回家的路上途經開滿櫻花的醍醐寺三寶院。在東洋文化中，落櫻與離別及死亡的意象緊緊相連，大概是法會之後太過感傷。土牛在櫻樹下哭泣，久久不能自已。接下來的幾天，畫家回到醍醐寺寫生，從清晨畫到黃昏，這只是土牛想把悲傷與感觸留在心中的做法。直到了十年後，這份體驗才化爲具體，成爲傳世的名作〈醍醐〉。

奧村土牛不畫滿山遍野的花海，獨愛寺院角落這株有點歷史的古櫻。沒有感慨，也不見悲傷。奧村土牛和喬治·莫蘭迪一樣，在賦予靜物完整型態的同時，也奪走它一些色彩。莫蘭迪筆下失去光澤的水罐、陶碗、玻璃瓶，雖然脫離了現實，卻反而更接近眞實。你也許會覺得土牛的畫不夠鮮明，也因爲如此，它才更顯得明亮、動人。

人總要在講了許多話後，才明白安靜的可貴。無論是〈鳴門〉還是〈醍醐〉，都值得我們定下心來，在無言裡領略藝術家於自然發現的神祕與感動，看見生命眞實的顏色。

靜物（Still life,1919）／喬治・莫蘭迪

Chapter

2

透過美的洗滌，讓傷痛痊癒、讓軟弱堅強

尾形光琳，

在眼見為憑的真實中，創作出永恆

墓園，千帆過盡後的蕭瑟

位於東京都港區鑽石地段的青山靈園，是非常特別的都會空間。站在靈園中央，周圍全都是摩登的現代建築。小說《暗夜行路》的作者志賀直哉、「微型小說之神」星新一，都在此長眠。春季在薰風中飄落的櫻華，秋季在霓彩裡搖曳的楓紅，昂揚的生命與抑鬱的死亡在此交會，形成獨特的城市風景。

我喜歡到墓園散步，特別是那些位於繁華街區內的墓園。前一刻，我們可能還在車陣人潮中泅游掙扎，下一秒，就能踏進靜默無語的空間中沉思，相較於紅塵的荼蘼，我似乎更愛千帆過盡後的蕭瑟。

旅行時也是一樣，從墓園的風格形式，你也能發現不同的文化風貌。貝多芬、莫札特、舒伯特長眠的維也納中央墓園，新古典主義的墓雕石刻，呈現與城市氣質相同的大度高雅；斯德哥爾摩的森林墓園，展現斯堪地那維亞民族對大自然的崇敬與熱愛；孤懸在威尼斯北方的墓園島聖米歇爾、新彊羅布泊沙漠中插滿白楊木的小河墓地……墓園承載著生者對世界的依戀，也充滿了對亡者的思念。

歷經大起大落，更顯洗練

離開青山靈園，沿著都道四一三號線一路向西，約莫兩個路口，就是著名的根津美術館。我很喜歡這座鬧中取靜的建築，建築師隈研吾在設計這座博物館時，特意將視覺上的干擾降到最低。他運用疏密有致的竹林，巧妙地將建築遮了起來，無論是從南青山的精品大街或由靈園方向過來，都不會有尷尬的違和。

青山靈園和根津美術館，就好像太極裡的陰陽、蒼穹之上的日月，象徵著生命的陰影與光亮。當世界在擾攘中失措無助時，我們需要「恐懼」喚醒生的欲望，然後再經由「美」，來拯救我們的單薄空虛。

在東京結束冗長的工作拜訪後，我想一個人靜靜，不知不覺，搭著地鐵，在乃木坂下車，穿過安靜的靈園，又來到根津美術館內，尾形光琳的面前。

一六五八年，尾形光琳出生於京都富商之家，家族在京都的時尚界相當具有影響力。在茶來伸手、飯來張口的成長過程幾乎沒吃過什麼苦，一擲千金的他，倒是都把錢花在好東西上：第一流的書法字畫、第一等的陶瓷茶具、最高級的蒔繪漆器……除了花費高昂外，也養成他出色的藝術品味。三十歲繼承家業後，使錢就更加用力了，如此無度的揮霍，即使坐擁金山，也有鑿空見底的一天。我對《一代宗師》裡葉問的一句對白，印象特別深刻。

> 如果人生有四季的話，我四十歲之前，都是春天。

這句話套在光琳身上，恰當不過。

往後的二十多年，光琳展現他「後知後覺」的創作天才，將春朝秋夕的沉迷，昇華成凡塵中最美的耽溺。藝術史證明，任何年代都有「雅痞」，在優渥生活條件中成長的一代，梵谷對他們來說太過刻苦、高更有點土氣、畢卡索又顯得太過銳利。他們偏愛優雅自享的小奢

紅白梅圖屏風（18 世紀〔江戸時代〕）/ 尾形光琳

風雨草花圖屏風（19 世紀〔江戸時代〕）／酒井抱一

華，喜歡不知道怎麼調出來的夢幻色調，除了眼睛看得到的實相之外，他們也追求形而上的精神感受。美不在於完全拓印現世，複製現實，而在於以更簡潔明朗的方式，讓我們看見「純粹」。

歷經大起大落的光琳，對於藝術的看法也更加洗練。他以古典雅緻的傳統繪畫爲基礎，進一步解構畫布上的幾何構圖。如同塞尚一般，跳脫形式與色彩的束縛，以更俐落的方式表現他對自然的感受。

在蒼古與青春並存的〈紅白梅圖屏風〉，光琳以細膩的工筆，描繪紅梅展現生命亮麗與蒼涼的一體兩面。

融合自然主義與裝飾藝術的視覺效果

在三百多年前的江戶時代就展現二十世紀初才有的「現代性」。融合自然主義（Naturalism）與裝飾藝術（Art Deco）的視覺效果，進一步探索「人與宇宙」關係的深度思維，讓光琳身後，擁有一批出類拔萃的忠實信徒，形成後來的「琳派」。

位於東京國立博物館的〈風雨草花圖屏風〉，是私淑於光琳的藝術名家酒井抱一的作品。和光琳不同，抱一採用彩度與飽合度更低的銀箔，暗示一種更收斂、更內省的美學思考。

朝顏圖屏風（19 世紀〔江戶時代〕）/ 鈴木其一

看似虛空的背景，凸顯了風雨中飄搖的花草強韌不屈的生命意志，進而完成這張獨特的精神風景。

琳派的藝術家，畫大澈大悟後的雲淡風輕，也畫大喜大悲後的開朗清新。

生於江戶時代末期，被稱爲「琳派の旗手」的鈴木其一，收藏在紐約大都會美術館的〈朝顏圖屛風〉就洋溢著幸福與希望，我喜歡其一大膽、清晰又不落俗套的繪畫風格，有誰敢如此大膽，將盛開的牽牛花撒滿整個畫面呢？誰教青春是這麼地可口？讓人第一眼，就想擁有全部。

尾形光琳的〈燕子花圖屛風〉是根津美術館的鎭館之寶。燕子花又名「杜若」，也就是大家熟悉的鳶尾花。原生於東亞高海拔溼地的草本植物，在西方文化中，是浪漫與死亡的符號。西方人會在墓碑上刻下鳶尾花的紋樣，象徵靈魂受到淨化，前往一個更美好的所在。我在青山靈園就經常看見，墓前擺滿代表「流離的宿命」「破碎的激情」與「惋惜」的藍色鳶尾花。

文生．梵谷醉心於鳶尾花超驗的神祕與美，一八八九年在聖雷米療養期間，就畫下好幾幅以鳶尾花爲主題的創作。超越視覺的感官體驗，文生不但看見生命的喜悅，也看見生命的無常。是不是，他在恍惚中，看見生命彼岸的幻象呢？我們不得而知。向日葵與鳶尾花，都是日常生活中可見的花卉，卻在文生的色彩中化爲永恆。

不同於文生，光琳筆下的燕子花展現「美」的另類風貌。光琳將植物複雜有機的線條，化約成更簡單的色彩。如果說，文生的鳶尾花是扎根在土地之上，那光琳的花則是漂浮在似幻的夢境之中。光琳用天青石、孔雀石等半寶石做爲顏料，爲燕子花賦予延展自太古的時間感。青春的激越，終有一天會歸於淡泊，但曾經閃耀在記憶中的美麗，不會因爲歲月蹉跎而消磨殆盡。

模仿或再現「已知」的技法，終將成爲過去。光琳在眼見爲憑的眞實中，創作出人們在「已知世界」容易忽略的主題，也就是「永恆」。

透過美的洗滌，我們學會，喜愛並不一定需要擁有，學會欣賞，但不一定要理解。它讓我們脫離狹隘的理性主義，喚醒直覺與感性，建議世人以感嘆代替譏諷。讓傷痛痊癒，讓軟弱堅強，讓我們知道世界仍有期待，也帶我們找回繼續活著的力量。

終有一日，我們所深愛的世界會化爲烏有。但只要「美」還存在，就無法否定世界存在過的事實。

燕子花圖屏風（18 世紀〔江戶時代〕）／尾形光琳

鳶尾花（Irises, 1889）／文生・梵谷

Chapter

3

失去，是令人不忍直視的巨大虛空

阿諾德・勃克林（Arnold Böcklin），
將宣告死亡的夢想與希望，引渡到來世

阿姆斯壯登上月球的瞬間（1969）／阿姆斯壯 攝

飛行員伯茲．艾德林在月球上的鞋印（1969）／ NASA 攝

遺憾，就像蛀壞後被拔掉的牙

電影《登月先鋒》的故事尾聲，百感交集的太空人阿姆斯壯站在月球寧靜海基地東側的隕石撞擊坑前。在導演巧妙的鏡位調度之下，讓直徑三十米左右的小西坑（Little West Crater）化成深不見底的遺憾，女兒的夭折、朋友的殉難，以及舉步維艱的情感生活，悲傷凝縮成十數年的鴉雀無聲，生活中的寡言沉默其實也是放不下傷感，原諒不了自己的咬牙切齒。

歷經前半生的磕絆，終於，踩在朝思暮想的夢土上，只不過，地圖結束的地方竟是如此荒蕪、寒冷、嚴苛、不宜人居……

That's one small step for man,

這是個人的一小步

One giant leap for mankind.

卻是人類的一大步

即使是個人的一小步，我們也無從想像究竟走了多遠，走了多久，犧牲了多少，才能在三十八萬四千三百九十九公里外的月海，踏下那一小步。

站在小西坑邊緣，阿姆斯壯攤開手掌，我們看見小女兒的手鍊在無聲的嘆息中，滑入黑暗。那一刻，不知道為什麼，許多人都流下淚來。

人生有些「失去」，是追不回、填補不了，也不忍直視的巨大虛空。有牙醫朋友告訴過我，人生的遺憾，就像是蛀壞後被拔掉的牙，在牙床內留下一個空洞。雖然不痛了，但我們知道，它一直都在，不管拿什麼去填補，它都不再是，原來的自己。

阿姆斯壯眼中的小西坑，是他人生遺憾的具體象徵，也是你我心中都有的失落及黑暗。

一處埋葬回憶的所在

十七世紀理性主義哲學家史賓諾莎，在《倫理學》裡說：「遺憾，是當一件已成過去的事物，事與願違，從此觀念所產生的痛苦。」在哲學家的定義中，「已成過去」及「事與願違」兩者同時發生時就會帶來遺憾，仔細回想，人生有多少的稱心如意，就有多少事與願違，有多少騰達，就有多少蹣跚。

死之島（第一版）（Die toteninsel, 1st version, 1880）/ 阿諾德・勃克林

在我心中，也有個像小西坑一樣埋葬回憶的所在，不過，它不是月球上的撞擊坑，它是一座島。

在若有似無的月光下，嶙峋的岩礁，自昏暗中緩緩浮現。

水面上有微弱的起伏，卻看不見任何漣漪波紋，也沒有草動風吹的痕跡。

在這個世界，鳥不再歌唱，雲也不再飄蕩，似錦繁花沉沉落在大地，化爲塵土。世界彷彿不再轉動，時間被定格在某個特殊情境中。生命中所有的歡喜、悲傷、圓滿、缺憾、成就及失落，都不再重要。所有的聲響都消弭在夜色之中，世界被無邊無際的沉默所包覆，連「孤寂」這個字眼，都顯得喋喋不休。

載著棺木的小船正朝著島中心緩緩滑去，站在船頭的白衣人與擺渡人，是少數有呼吸的存在。高大的柏樹、岩壁上開鑿出來的人工墓穴、船上的棺木，暗示看畫的我們正目睹一段，即將宣告死亡的夢想與希望，引渡到來世的旅程。

瑞士象徵主義畫家阿諾德．勃克林，於一八八〇年畫出這幅靜穆的〈死之島〉。有很長一段時間，勃克林的藝術被排擠在主流意見之外，因爲他不畫水光瀲灩的湖泊，也不畫溫馨討喜的草地野餐。勃克林筆下的牧神、人魚、半人馬與死神，散發出原始、粗暴、縱欲與「死了都要愛」的世紀末（Fin de Siècle）光采。

亡者終於可以安息入眠

在印象派大行其道的十九世紀後半，勃克林的藝術之路走得特別辛苦。直到五十三歲展出〈死之島〉，瞬間成為家喻戶曉的大畫家。

根據文獻記載，出資訂畫的客戶，原來想要一幅「寄託夢想，看了會令人心情愉悅」的畫作，沒想到勃克林卻交出一幅「通往彼岸」的繪畫，著實嚇了客戶一跳，幸好心驚之餘，還是欣然接受藝術家的創作。即使在百餘年後的今天，讀到這段文字，我也不免替畫家捏把冷汗，餘悸在心。

法國大革命之前的歐洲，「死亡」是不潔的禁忌。亡者滿溢為患的公共墓地，散發出可怕的氣味。看過電影《阿瑪迪斯》的你，一定對莫札特喪禮過後，掘墓人將他裝入麻布袋，草草拋入坑洞，再撒上石灰的橋段印象深刻。當時民眾在教堂告別式後就打道回府，不會有人想跟著去墓地弔唁。

直到十九世紀初，經過浪漫主義的洗滌，一般人對「死亡」的看法也有了改變，詩人歌頌死亡的浪漫、畫家描摹死亡的崇高、音樂家譜下死亡的勝利，建築師、雕刻家則讓死亡變得乾淨明亮。亡者從在地下戰慄等候審判，到終於可以安息入眠。勃克林的繪畫，見證著歐洲文化的轉變。

與死神的自畫像（Self-Portrait with Death Playing the Fiddle, 1872）／阿諾德・勃克林

安寧關懷教母伊麗莎白．庫伯勒羅斯（Elisabeth Kubler-Ross）在《論死亡與臨終》（*On Death and Dying*）書中指出，面臨生命即將終結的五大階段，分別是：否認、憤怒、討價還價、沮喪與接受。多年下來，事實證明五大階段不僅適用於臨終關懷，也同樣適用於面對生命中困厄磨難的種種。〈死之島〉所呈現的，正是人沉靜「接受」命運安排的心理轉變。

緩緩滑入黑暗，走進未知的〈死之島〉，在德語圈的歐洲意外地受到歡迎。《蘿莉塔》的作者納博可夫到柏林拜訪朋友後，回程在日記寫下：「每個城市與村落、每個家庭、每個房間……幾乎家家戶戶都掛著勃克林的複製畫。或許，其中隱藏著外人看不見的病態。」

曾經也是失意畫家的希特勒對勃克林的創作極爲推崇，他將〈死之島〉掛在元首辦公室最顯眼的地方。希特勒擁有的，是一八八三年勃克林所創作的第三版〈死之島〉。一九三九年，時任蘇聯人民委員會主席的莫洛托夫與希特勒簽署〈德蘇互不侵犯條約〉後的紀念合影，背後就是勃克林的畫作。

〈死之島〉見證世紀末的不安，也見證了人類史上最大規模戰爭的片段。一九四一年六月二十二日，希特勒撕毀協議，開啓東方戰線，對蘇聯發動猛烈進攻，二戰最慘烈的德蘇戰爭於焉爆發。

又過了許多年，我們才又可以平常心來面對勃克林。〈死之島〉教我們如何擁抱遺憾，或是死亡。

電影《登月先鋒》的結局中，珍妮前去探視，返回地球後接受隔離檢疫的阿姆斯壯。兩人隔著巨大的玻璃，在會客室象徵性地觸摸彼此的手。千言萬語，卻又相視無言。電影就在這裡結束，沒再多說些什麼。

事實上，阿姆斯壯與珍妮後來離婚了，最大的原因早在電影細節裡向我們透露，珍妮想過平穩安定的生活，但阿姆斯壯的航天事業卻充滿了難以啓齒，也無從預料的風險。

人生過處惟存悔，因爲遺憾，我們才能從最銘心的痛，學會珍惜最深刻的愛，不是嗎？

死之島（第三版）（Die toteninsel, 3th version, 1883）／阿諾德・勃克林

Chapter 4

在樂音與色彩的激情過後，窺探天堂

泰納（J. M. W. Turner），
寥寥幾筆，道盡人生的離合悲歡

Requiem æternam dona eis, Domine, et lux perpetua luceat eis.

主啊，請賜與他們永恆的安息，讓永恆的光輝照耀他們。

——安魂曲．進堂詠

有一陣子，我迷上了《安魂曲》。

《安魂曲》是天主教會爲悼念亡者，舉行彌撒儀式時所採用的詩歌，拉丁文稱之爲「Requiem」，有「安息」的意思。除了在亡者的追思彌撒以外，安魂曲也會在每年十一月二日的諸靈節（All Souls' Day）紀念儀式演出。天主教徒相信，爲在煉獄中的亡者舉行彌撒，可縮短他們在煉獄的日子，讓他們早日回歸天國的恩寵。不同於敲敲打打的中式喪樂，安魂曲經文段落間的起承轉合，具有強大的戲劇性與感染力。

聆賞安魂曲，像是吟詠屈原的〈離騷〉或是杜工部的〈秋興〉，純粹的精神性，完全沒有小約翰．史特勞斯式的感官肉慾。安魂曲沉鬱頓挫，不可狎翫的內斂氣質，那些想要附庸風雅，增添一下什麼音樂藝文成分的凡夫俗子，一律謝絕參觀。

無論是不是信徒，都能感受音樂的力量，它是超越一切的存在。無論全能全智的上帝存不存在，你也得相信，音樂無所不在。即使，像我這種「存在就是罪惡」的不可知論者，也能深深受到音樂感動。

從第一個樂音響起，隔著不滅的燭光，我聽到了世事兩茫茫的滄桑。樂音慢慢遁入空靈寂靜的生滅，與我們一同追問生命與死亡的意義。

看見彼岸的救贖與希望

我手邊有幾張《安魂曲》：莫札特、布拉姆斯、威爾第、佛瑞，不同懷抱，各有千秋。威爾第的作品歌劇性強，每次都讓我有強烈的情感體驗；布拉姆斯沉鬱跌宕，充滿日耳曼式的雄渾莊嚴；佛瑞的音樂帶著清新的法蘭西口音，散發出某種深陷甜美回憶的耽溺……但是，最讓我流連的，只有莫札特。

不為演出，也不為哀悼，莫札特的《安魂曲》是作曲家彌留之時，出入涅槃的天鵝之歌。我常想，要怎樣的天賦異稟，才能讓他在兩種極端間擺盪且游刃有餘呢？根據文獻記載，莫札特在同一時間完成了另一部偉大的歌劇《魔笛》，歡樂與感傷、昇華與墮落、天堂與幽冥、存在與死亡，彼此的距離原來是如此地接近。莫札特引領我們，穿越聖恩的靈光與煉獄的悲哀火焰，看見彼岸的救贖與希望。

許多年前，我在英格蘭北部的小城，因緣巧合地參與了一場莫札特《安魂曲》的演出，在街上發送的傳單、布告欄的海報，都是同一張畫作的黑白照片。從相片中心的黑影輪廓，

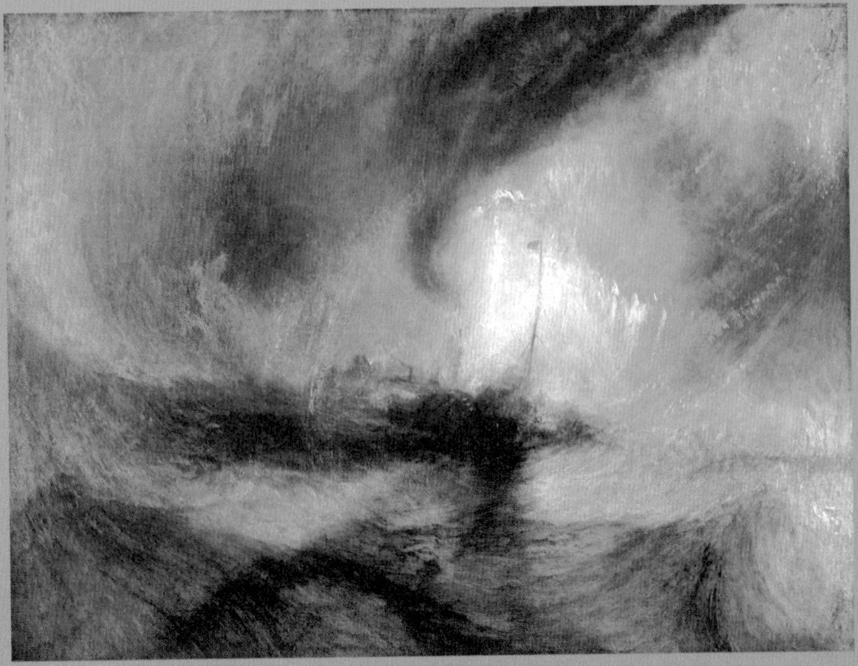

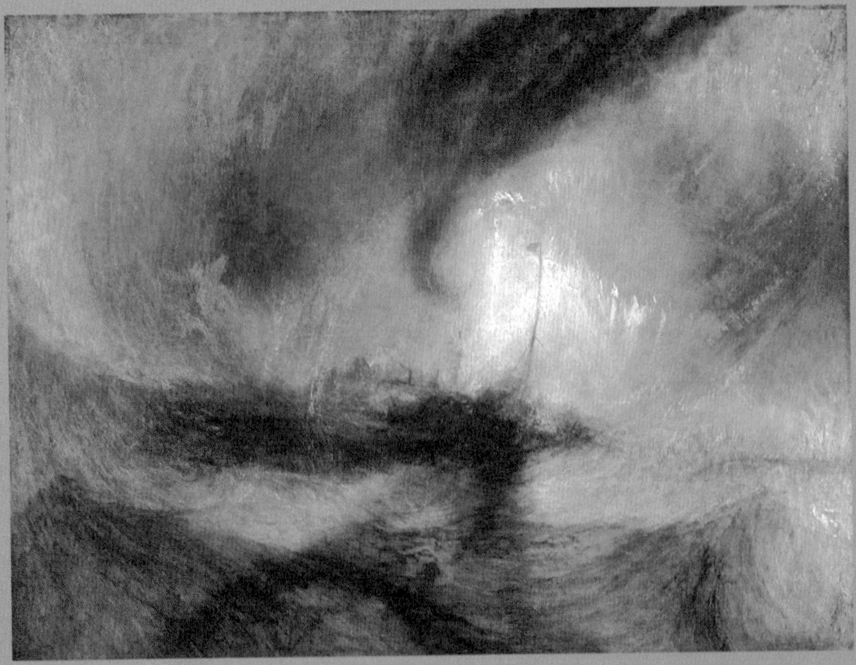

暴風雪（Snow Storm, 1842）／泰納

隱約可以辨認出是一艘船，流離在駭浪驚濤之中。由強大自然能量所匯聚而成的黑色漩渦，將世界捲向，無人知曉的未來。

這是一幅「簡單」，卻又「不簡單」的畫作。匆匆一瞥，短短的幾秒鐘，它讓我決定參加音樂會，曲終人散之後更在我心底留下深刻的烙印。不知不覺中，黑白相片上模糊難辨的黑影，與陰鬱的《安魂曲》合而為一。

這幅畫名為〈暴風雪〉，由英國浪漫主義風景繪畫大師泰納於一八四二年完成的作品，現今被收藏在泰德不列顛館，等待世界的造訪。

喚醒英國人對歷史的浪漫懷想

讓我們將時光倒轉，回到〈暴風雪〉前的四十年，當時的泰納，不過是二十出頭的年輕畫家，卻被藝術學界認為是「英國藝壇的未來」，春風得意的泰納為大眾畫出他們心中的不列顛：多愁善感、迷人、充滿傳奇色彩。泰納融合巴洛克時代風景畫大師克勞德．洛漢的（Claude Lorrain）抒情寫意與普桑（Nicolas Poussin）的莊嚴肅穆，將平凡無奇的靜謐鄉間，化成此景只應天上有的人間仙境。十九世紀初，英國與法國正陷入數十年的戰爭動亂，泰納的畫喚醒了英國人對歷史的浪漫懷想，以及對土地的熱愛，也難怪皇家藝術學院的大老們，迫不及待地將皇家藝術學院院士的榮耀頒給泰納。

爲了回報皇家藝術學院的青睞，泰納畫了一幅畫捐贈致意，還附上一首小詩：

How awful is the silence of the waste,
寂靜的荒野是多麼地駭人
Where nature lifts her mountains to the sky.
大地之母將山岳高舉入雲
Majestic solitude, behold the tower
肅穆的孤寂，籠罩高塔
Where hopeless OWEN, long imprison'd, pin'd,
無望的歐文，渴望著自由
And wrung his hands for liberty in vain.
徒勞地在牢獄中呼喊自由

收到畫作的大老們驚爲天人，讚嘆不已，因爲現實中的德巴頓城堡只是毫不起眼的斷垣殘壁。

十三世紀中葉，反抗英格蘭入侵的威爾斯王子歐文（Owen Gogh）在兵敗後被監禁在此，

德巴頓城堡（Dolbadarn Castle, 1798）／泰納

抑鬱而終。藝術家運用戲劇性的背光，將頹圮的城塔化爲追求自由的象徵，完全符合當時不列顛與浪漫主義的藝術想像，〈德巴頓城堡〉自然成爲泰納早期傑出的焦點畫作。

但是，藝術界也應該看到某些不安的因子，在聽話柔順的表象背後，泰納不會只甘於成爲一位討好且沾沾自喜的畫家。他大可以繼續繪製、販售那些唯美慵懶的風景畫，過著優渥富裕的生活。

但身爲一位眞正的藝術家，追求崇高、恢宏眞實的血性，早已在靈魂深處蠢蠢欲動。泰納畫優雅的英式鄉間浪漫，也畫世界的貧苦艱辛。不隨意識形態的口號而搖旗吶喊，他想畫下我們心中，對世界眞正的看法。

當英國舉國上下沉浸在，威靈頓公爵於滑鐵盧之役擊敗拿破崙的勝利時。泰納的畫不見歡樂，也沒有喜悅。

他畫下一群新寡的婦女抱著嬰兒，在死傷遍野的士兵中找尋自己的丈夫。有人說過：「悲慘程度僅次於打敗仗的，就是打勝仗。」這對於自命不凡且自鳴得意的大英帝國來說，無異是潑冷水。

在繪畫中尋求眞實，爲社會刻意忽視的族群者發聲，透過無情的自然場景凸顯弱勢者的無助悲哀，如此的轉變讓他流失了許多權貴客戶，卻贏得大衆的心。

拖走無畏號（The Fighting Temeraire, 1838）／泰納

運奴船（The Slave Ship, 1840）／泰納

勇闖未知海洋的孤獨航海家

以前，我常去國家藝廊，坐在〈拖走無畏號〉前看一下午。其實，無論是國家還是個人，永遠都在過去、現在與未來間拉扯不前。畫中高舉船桅，收起風帆的無畏號，正被一艘小小的蒸汽船拖去解體。遠方那一抹紅霞的解讀，隨著個人心情而有所不同：如果你正處於低潮，那就會看見象徵失去的夕陽；如果你的人生正往高處攀登，那就會看見充滿希望的旭日初昇。

無畏號象徵著光榮但停滯不前的過去，有點魯莽卻衝勁十足的汽船則是將接手未來的年輕世代。泰納對大自然光影色彩的感動，透過超時代的藝術手法，鋪陳出戀戀不捨，同時也充滿希望的氛圍。以寥寥幾筆，道盡人生的離合悲歡。二〇〇五年，在BBC所發起的票選活動中，以最高票榮登「英國最偉大的畫作」，實至名歸。

一八四〇年完成的〈運奴船〉，更將泰納的藝術成就推向高峰。

晚年的泰納成爲勇闖未知海洋的孤獨航海家，他迷戀大自然的崇高與狂野，不只要畫，他還想置身其中。據說，畫家爲了眞實感受暴風雪的威力，讓水手將自己綁在船桅上，忍受一夜粗礪剔骨的寒風與暴雪。鬆綁後的泰納大病一場，徘徊在生死關頭後，畫下親身體驗的〈暴風雪〉。

混亂、暴力、絕望。自詡爲萬物之靈的人類，在大自然面前原來是如此的無助脆弱，冬季凜冽的風雪，化成毀天滅地的審判末日，看著泰納死裡逃生後的揮灑塗抹，我彷彿聽見《安魂曲》中的〈天怒之日〉：

Dies irae, dies illa
天怒之日，在這一日
solvet saeclum in favilla
塵寰將在烈火中熔化
teste David cum Sybilla
正如大衛與希比拉所預言
Quantus tremor est futurus
我將無比顫慄
quando Judex est venturus
當審判來臨時
cuncta stricte discussurus!
一切都要詳加盤問，嚴格清算

苦難與拯救，瀕死與重生，越過生死限界的藝術家，用色彩譜下了人生的鎮魂曲。一生追尋眞理的泰納，在那一夜的暴風雪，他體會無常，同時也超脫生理性的死亡，看見精神性的永恆。

當我感到迷惘時，會找個時間，讓《安魂曲》在空氣中流動，然後閉上眼，走入泰納的〈暴風雪〉，在樂音與色彩的激情過後，在平靜中窺探天堂。

終章

心願成就的秩父三社

——寂寞博物館

Send me out into another life
請把我送到另一種生活去
lord because this one is growing faint
主啊！因爲我現在的生活已經褪色
I do not think it goes all the way
我不想把它過完
——W.S馬文．一隻圖騰動物的話語

妳說，面無表情的水泥叢林，窒悶得讓妳喘不過氣。
妳說，單調庸碌的朝九晚五，瑣碎地令妳意志消沉。
妳說，每天過日子，卻沒有活著的感覺。
妳說，想念盎然綠意，想念鳥語花香，想念孤獨與安靜。去哪裡都好，只要是離開這裡，即使是短暫的逃離也好

於是，我們離開繁華東京，沿著近郊的西武鐵道緩緩西行，尋找一份久違的從容美好。

我特別偏愛，這段開往埼玉秩父的鐵道之旅，從西武池袋充滿動能的驛站發車，沿路看不見六本木、南青山的時尚前衛，也沒有代官山、目黑白金的貴氣凌人。

電車穿越一座座充滿生活感的城鎮，妳可以看見玲瓏雅緻的日式庭園、活力十足的小學操場、個性迴異的住宅公寓，以及月臺上、車廂內形形色色的人們：昏昏欲睡的可愛老先生、戴著小黃帽，校外教學的小朋友、交頭接耳，竊竊私語的太太們、親密卻也不敢踰越造次的中學生情侶……平凡間洋溢著昭和時代的浪漫風情，搭上列車，就像是做了一場，淺淺的夢。

抵達西武秩父後的我們，先去秩父神社走走。大約有二千多年歷史的秩父神社和寶登山神社、三峯神社，並稱爲「秩父三社」，也是秩父地方的總鎮守。從好久好久以前，就有絡繹不絕前來朝聖。

我常說，「朝聖是時間與空間的煉金術」，走馬看花的匆匆一瞥，塡飽塡滿的行程規畫，都無法感受其中的奧祕。「朝聖」本身，可以沒有宗教色彩，也可以剝去信仰的外衣，它所代表的意義，可能比我們的想像更加豐富，也可能更加貧乏，完全取決於我們，如何接受與詮釋旅途所經歷的一切。

由德川家康於一五九二年重建的神社正殿，坐鎮於秩父市區內的中央森林，以絢爛用色與細膩刀工完成的格飾雕刻，是十六世紀之前桃山風格的代表。

我想帶妳去看外牆上，出自於名雕刻家左甚五郎手筆的可愛動物區。北側眼睛睜得大大的貓頭鷹、南側大大小小玩成一團的老虎家族，每個角度都讓旅人拿起相機，拍個不停。正

寶登山神社 / Carbonium 攝

元氣三猴 / 謝哲青 攝

殿西側雌龍下方的「元氣三猴」尤其引人注目。不同於日光東照宮「非禮勿視」「非禮勿聽」「非禮勿言」的三猿，秩父三猿臉上帶著「看好、聽好、說好」的詼諧表情，比起教條式的訓示，更能讓人，感到安心。

妳說：「來這裡，眞好。好像找回一點點，繼續堅持的力氣。」

希望，就是那一點點力氣、一點點光亮。雖然史賓諾莎冷冰冰地寫下：「希望是一種不穩定的快樂。這種快樂，源自於某種程度上懷疑未來的快樂。」因爲還沒發生，毫無懸念，未來是不確定的。但我們又「強烈地覺得」，所預設的Happy Ending一定會發生。在「篤定」與「還沒發生」的心理天秤上，當平衡朝「會發生」的一方傾斜時，樂觀的希望油然而生。史賓諾莎告訴我們，如果討厭未來的不確定性，討厭患得患失的感受，我們就要裁減同等分量的希望——希望愈小，失望也就愈小，反之也同樣成立。但如果怕自己無法承受未來的不確定性，連根拔除了所有的希望，這種無所期待的人生，是不是又太悲慘了呢？

離開西武秩父的我們，可以轉車前往風光明媚清新的長瀞。我想帶妳再走一小段路，拜訪有千年歷史的寶登山神社。

位於長瀞寶登山山麓的古老神社，相傳已經有一千九百年的歷史。相傳，在很久很久以前，神話時代的大英雄日本武尊東征時，看見雄偉的山勢，興起登山遙拜的念頭。在上攀途中，出現一隻巨犬引路，還碰到充滿惡意的大火襲擊，進退不得，此時巨犬突然往猛烈的火勢裡跳，火因而熄滅，日本武尊得以順利登頂遙拜。正當日本武尊想要感謝巨犬的時候，狗狗突然消失了。從那天以後，人們便稱這座山爲「火止山」，後來又改成「寶登山」。

千年來，寶登山神社就以能祈求防止火災、竊盜，及化解各種災厄而聞名。生活中的不如意、職場上的不開心，面對源自太古的自然祈願，心誠則靈。

我偏愛寶登山神社華麗的建築雕刻，中國民間的二十四孝以存在感十足，重彩濃墨的關東刻呈現。以金色爲基調的立面，展現江戶時代的巴洛克風情。

最後，我們會坐一段長長的公車，抵達心願成就的聖地。

無論是孟夏的濃綠，或是仲冬的雪白，色彩繽紛的三峯神社總是以昂揚姿態，隱身在深山之中。從古至今，三峯神社擁抱了許許多多在紅塵迷途的人們，在追逐權勢、名聲、財富，以及自以爲是的幸福時，我們眞的快樂嗎？在遍體鱗傷，甚至是血肉模糊之後，我們還敢抱著希望，或只是抱著虛妄呢？

午後若有似無的雲霧繚繞在參拜的石板道上，在密林深處，就是豔紅如火的三峯神社。

將人與人連結起來的，是「緣」，但維繫情緣的，卻是「願」。

不同於消災解厄的寶登山神社，或祝福平安興盛的秩父神社。透過祈願與祝福，三峯神社護持的是人與人之間的緣。家庭的親緣、男女的情緣、事業的羈絆，同伴的友誼……

三峯神社／ Mayuno 攝

「我想與你一起」「希望父母親身體健康」「希望愛我的朋友們都平安幸福」「我們可以更好」……或許，這些「願」很卑微、很渺小、很無知、很脆弱，但無私地祝福「你會更好」，不就是最專一的相信，最純粹的盼望嗎？

有人說，希望是座望遠鏡，讓我們穿透虛空，把視線延伸更遠，也許能抵達世界的盡頭。看得愈遠，心也就愈寬。也有人說，希望是一座顯微鏡，將所有的平淡無奇置入載玻片，輕輕往鏡頭下一放便發現，所有的普通都是由無盡的繁華構成，如果更仔細地看，我們會在無盡的繁華裡，看見更多衍生與可能。

擁有「希望」這樣一座望遠鏡或顯微鏡，是幸運，也是承擔。幸運的是，能夠看得更多，看得更細，也看得更遠。但需要承擔的，是在看見希望之後，那份只有自己才能明白的洶湧澎湃。

合掌、祈願，是重新調整焦距、校正視距，未來仍然遙不可及，不過，這份看見似乎更清晰，也對生活更有信心。站在永恆的造物之前，我們許下三生三世的願望，沒有奢求卓越成功，只求平淡平安。這就是我們這趟旅程，最從容的幸福。

貶低了希望，令人心動的未來也會大打折扣。走出寂寞後，我們最需要的，是希望，是想像，是在困厄中依舊相信，是與同樣寂寞無助的你感同身受，試著，一起走到有光的地方。

未完待續

國家圖書館出版品預行編目資料

寂寞博物館：20段名畫旅程，收留你說不出口的憂傷／謝哲青 著.
-- 初版. -- 臺北市：圓神，2019.01
256 面；17×23 公分. --（圓神文叢；244）
ISBN 978-986-133-675-6（平裝）

855　　107020569

Eurasian Publishing Group
圓神出版事業機構
用心與你對話・視野無限寬廣
圓神出版社
Eurasian Press

www.booklife.com.tw　　reader@mail.eurasian.com.tw

圓神文叢 244

寂寞博物館：20段名畫旅程，收留你說不出口的憂傷

作　　者／謝哲青
發 行 人／簡志忠
出 版 者／圓神出版社有限公司
地　　址／台北市南京東路四段50號6樓之1
電　　話／（02）2579-6600・2579-8800・2570-3939
傳　　真／（02）2579-0338・2577-3220・2570-3636
總 編 輯／陳秋月
主　　編／吳靜怡
專案企畫／賴真真
責任編輯／吳靜怡
校　　對／吳靜怡・歐玟秀
美術編輯／林雅錚
行銷企畫／詹怡慧・陳禹伶・黃惟儂
印務統籌／劉鳳剛・高榮祥
監　　印／高榮祥
排　　版／陳采淇
經 銷 商／叩應股份有限公司
郵撥帳號／18707239
法律顧問／圓神出版事業機構法律顧問　蕭雄淋律師
印　　刷／祥峰印刷廠
2019年1月 初版
2023年7月 12刷
＊奥村土牛畫作授權協力：株式会社グローバル・デイリー、Hester Lin
＊頁數：016、017、020、023、036、037、044、056、057、061、080、081、087、090、097、098、102、103、112、114、115、122、126、127、131、133、135、136、141、142、145、147、160、161、163、175、176、184、185、186、190、193、208、209、219，以上圖片授權提供：達志影像。

定價430元　　ISBN 978-986-133-675-6